HEYNE
BÜCHER

D1697602

DER UNTERMIETER

VON ROBERT GROSSBACH

Nach dem Drehbuch von
NEIL SIMON

Deutsche Erstveröffentlichung

WILHELM HEYNE VERLAG
MÜNCHEN

HEYNE-BUCH Nr. 5560
im Wilhelm Heyne Verlag, München

Titel der amerikanischen Originalausgabe
THE GOODBYE GIRL
Deutsche Übersetzung von Juscha Zoeller

Copyright © 1977 by Neil Simon
Deutsche Lizenzausgabe mit Genehmigung von Warner Books, Inc., New York
Copyright © der deutschen Übersetzung 1980 by Wilhelm Heyne Verlag, München
Printed in Germany 1980
Umschlagfoto: Warner/Columbia Filmverleih, München
Umschlaggestaltung: Atelier Heinrichs, München
Gesamtherstellung: Presse-Druck, Augsburg

ISBN 3-453-01048-5

1

Das alles kam wie ein Blitzschlag für sie. Sie ging mit Lucy in die kleine Wohnung, sang Tonys Namen in ihrer ulkigen hohen Stimme, den Kopf voll mit Gedanken ans Abendessen, das Hemd, das sie ihm gekauft hatte, und der Reise. Ihr Blick fiel auf den Briefumschlag. Unter den Knopf fürs 5. Programm am Fernsehapparat geklemmt, deutlich beschriftet mit *Paula*. Und in dieser entsetzlichen, gräßlichen, bleischweren Sekunde wußte sie bereits, daß es vorbei war, vorbei, und daß ihre Zukunft aus getrockneten Tränen, Bitterkeit und einsamer schmerzender Frustration bestehen würde.

Der Tag hatte mit Fanfarenklang angefangen — heller Sonnenschein (später zogen Wolken auf), saubere, frische Luft, mit dem Gespür für den wirbelnden, geschwinden Rhythmus der Stadt New York. Früh schon waren sie kurz bei Macy's und Korvettes gewesen, dann gingen sie zur Lexington Avenue, wo sie die IRT zur 59th Street nahmen. Aus unerfindlichen Gründen kam das Gefühl niederziehender Müdigkeit nicht auf. Sie war geladen mit grenzenloser, mutiger Energie.

Von Bloomingdale's liefen sie zu Alexander's, wo sie zwanzig Minuten in der Abteilung für Kinderschuhe warteten, bis ein untersetzter südamerikanisch aussehender Verkäufer endlich ihre Nummer aufrief.

»Hab' hier 'n Fünfziger.«

»Das sind wir, Ma«, drängte Lucy ihre Mutter.

Paula rief: »Hier!«

Lächelnd kam der Verkäufer zu ihnen. »Ja?«

»Wir möchten so etwas in der Art von Tennisschuhen«, sagte Paula. »Für die junge Dame hier.«

»So was wie Tennisschuhe«, echote der Verkäufer. »Haben Sie was Besonderes im Sinn?«

»Wir haben einen Tennisschuh im Sinn«, sagte Paula. »Zwei sogar.«

»Aber Sie sagen eine Art von Tennisschuhen. Sie müssen sagen ›Puma‹, oder ›Adidas‹. Oder ›Keds‹. Oder so was.«

»Welche sind am billigsten?« fragte Paula.

»Alle gleich.«

»Und worin liegt der Unterschied?«

»Alle gleich.«

»Dann holen Sie irgendeinen Tennisschuh.«

Der Verkäufer legte seinen viereckigen braunen Kopf schief. »Haben wir nicht, irgendeinen.«

»Das halt’ ich im Kopf nicht aus«, sagte Paula.

»Ich auch nicht«, meinte der Verkäufer. »Darum geh’ ich nächste Woche in Urlaub. Ich geh’ dahin, wo ich herkomme.«

»Ach, ja«, sagte Paula und versuchte höflich zu sein. »Wie nett. Sehr gut. Wir gehen auch nächste Woche auf eine kleine Reise.«

Sie sah Lucy an, beide lächelten wie zwei Verschwörer.

»Na, so ein Zufall«, grinste der Verkäufer.

»Tatsächlich.«

»Gut, ich nehm’ dann mal Maß, junge Dame. Und dann seh’ ich nach, ob wir ›irgendeinen‹ in Ihrer Größe haben. Sonst bring’ ich ›Keds‹, ja?«

Lucy nickte, und der Verkäufer zog ihr den Schuh aus, um ihren Fuß zu messen.

»Ist der Mann Spanier?« fragte Lucy, als er gegangen war.

»Hmm, ich nehme an aus Puerto Rico«, erklärte Paula.

Später, als sie bezahlt hatten, sagte Paula auf dem Weg hinaus zum Verkäufer: »Ich wünsche Ihnen schönen Urlaub in Puerto Rico.«

»Puerto Rico?« fragte er verdutzt. »Warum soll ich nach Puerto Rico? Ich komm’ von Jackson Heights.«

Ihr Name war Paula McFadden, und sie war dreiunddreißig, groß, runde Hüften, weiblich; keine ›großartigen‹ oder ›tollen‹ Beine, aber ›gute‹; kleine, feste Brüste, etwas zuviel Lippenstift, hübsches unauffälliges Haar. Und ein Gesicht mit ›Charakter‹, ein

Gesicht mit einem Hauch von Kraft, nicht stark genug, um den Schmerz darunter zu verbergen.

Als sie die 59th Street überquerten, sagte sie zu Lucy: »Komm, wir wollen irgendwo eine Kleinigkeit essen. Was willst du denn?«

Lucy sah zu ihr hoch, ihre kleine Hand lag in der von Paula. »Du weißt doch, was ich mag.«

»Was?«

»Was ich wirklich möchte?«

»Wa-as?«

»Moo-Shoo-Schweinefleisch.«

»Nein, nicht doch.« Sie waren inzwischen auf der anderen Straßenseite angelangt. »Bitte, nein. Warum willst du nicht was Normales essen wie andere zehnjährige Mädchen. Nein, jetzt gibt's kein Moo-Shoo-Schweinefleisch.«

»Na, gut«, sagte Lucy resigniert. »Eis dann.«

»Das ist besser«, sagte Paula.

In dem kleinen Café saßen sie in einer Nische und aßen Eis: Schokolade für Paula, Karamel für Lucy.

»Heute in einer Woche«, sagte Paula zufrieden, »Kalifornien! Bist du schon aufgeregt?«

»Na, ja.«

»Ich auch. Kann's kaum erwarten.«

»Warst du schon mal da?« fragte Lucy.

»Einmal. Sechs Wochen lang. Tingelte mit einem Musical. War mitten im Dezember, und wir konnten schwimmen! Es war so warm ...«

»Welches Musical?«

»Was?«

»In welchem Musical warst du?«

»Das ist doch gleichgültig. Ich versuche, dir klarzumachen, wie schön es sein wird. Wir suchen uns ein kleines Haus in den Hügeln. Kein Smog ... den ganzen Tag Sonne ...«

»In der Nähe der Filmstudios?« fragte Lucy.

Paula hätte sie gern in die Arme genommen. »Ja, ganz nahe. Dein Fenster wird auf Warner Brothers schauen. Und du kannst von deinem Bett aus zusehen, wie die Leute von Warner Brothers die Welt in die Luft jagen.« Sie sah das Haus vor sich: Bogenfenster, bäuerliche Küche, Patio, großer Garten mit ... »Kannst du dir das vorstellen: du hast sogar deinen eigenen Apfelsinenbaum — und natürlich auch einen Zitronenbaum und ...«

»Du, ich glaub', das Musical war *Anatevka*. Ich weiß noch, ich war damals bei Großmutter, muß so viereinhalb gewesen sein, stimmt's?«

Sie kratzte mit dem Löffel auf dem Boden ihres Eisbechers herum. Das Geräusch war nervenzerfetzend.

Warum konzentrierte sie sich eigentlich immer auf Nebensächlichkeiten, nie auf das Wichtige einer Geschichte? »Hör damit auf«, sagte Paula laut. »Und nein, du warst niemals viereinhalb. Ich glaube, du bist eine vierzigjährige Maus, die sich als kleines Gör verkleidet hat.«

»Sag nicht Gör zu mir«, meinte Lucy. »Gör ist so was wie Ziege.«

»Entschuldige, ich meine ›Kind‹.«

»Wenn du dich wirklich entschuldigen willst, kannst du mich zu Moo-Shoo-Schweinefleisch einladen.«

Paula schüttelte lächelnd den Kopf.

»Oder wenigstens zu einem Dem-Sem?«

»Nein!«

Sie pflegte allen Leuten zu erzählen, daß sie ›Central Park West‹ wohnten; aber in Wirklichkeit war es recht fern von Central Park West, und die Umgebung wurde in den Zeitungen oft ›verfallen‹ genannt. Der größte Vorteil war, daß sie zu Fuß zum Museum für Naturgeschichte und dem Hayden Planetarium gehen konnten, obwohl beide nach zehn Besuchen ihre Anziehungskraft allmählich verloren. Paula dachte oft, wie *nett* es war, daß Lucy den Namen jedes Dinosauriers und ihre geologische Epoche kannte; aber sie zweifelte daran, ob das ihren Lebensstil verbessern würde.

Langsam schlenderten sie an den ›verfallenen‹ Backsteinhäusern vorbei, den Feuerleitern und Mülltonnen — etwas müde, aber nicht erschöpft, in Erwartung eines schönen Abendessens. Sie sprangen über eine große Pfütze.

»Hast du das gesehen?« fragte Lucy. »Die Pfütze?«

»Klar.«

»Auch die verschiedenen Farben?«

»Ja.«

»Was macht die Farben?«

Paula schüttelte den Kopf. »Baby, du weißt doch, daß Wissenschaft oder Physik nicht meine Stärke ist. Frag doch Tony, wenn wir heimkommen.«

»Oh, den«, stöhnte Lucy. »Der weiß das auch nicht. Er weiß nie so interessante Sachen.«

Sie waren bei ihrem Haus angekommen. Paula sah in den Briefkasten. Nichts. Sie kletterten die Treppen hinauf. Auf jedem Treppenabsatz waren Schmierereien zu sehen: Frauen, die es mit Männern trieben, mit Pferden, mit Hühnern, mit körperlosen Genitalien, mit Selleriestangen, mit Holz ... Und darunter standen Anzeigen wie: *Für einen guten Bums rufen Sie Paco, 831-5741*. Und: *Für die schönste Stunde Ihres Lebens, Julius — 355-1892*. Und auch Feststellungen wie: *Spanier stinken nach Scheiße, Ich lecke junge Mädchen* und so weiter. Jedesmal überkam Paula Verlegenheit, wenn sie mit Lucy an diesen Wänden vorbeiging (sie selbst fand sie nicht mal uninteressant). Aber sie sprach nie mit Lucy darüber, erwähnte sie nicht einmal.

Im dritten Stock kamen sie an der Wohnung von Mr. Horvath vorbei, dem lispelnden Ungarn mit einer Vorliebe für Overalls, der immer ein Stück Leber vor der Tür ließ. Mit dem Erfolg, daß eine Versammlung von Katzen ihn mit einem ständigen Chor von Miaus ehrte, wenn er kam oder ging. Im vierten Stock zog Paula die Schlüssel heraus.

»Kann ich Tony gleich meine Sachen zeigen?« fragte Lucy.

»Später. Du mußt Hausarbeiten machen.«

»Weshalb? Wir fahren in vier Tagen und ziehen um. Warum muß ich da noch Hausarbeiten machen?«

»Vielleicht unterrichten sie dich zwischen heute und Freitag ausgerechnet in Gehirnchirurgie. Ich möchte nicht, daß du das versäumst.«

»Hatten wir schon«, sagte Lucy vergnügt. »Letzte Woche. In Biologie.«

Paula blieb stehen. »Du ... na, komm ...«

Lucy sah sie verschmitzt an. »Ma. Himmel. Ma, du bist ja so dumm. Wie könnte ich . . .? Ma?«

»Na ja, bei dir weiß man nie«, verteidigte sich Paula. »Vielleicht an Fröschen . . . Was weiß *ich*?«

Sie betraten die Wohnung: klein, drei Zimmer mit einer winzigen Diele, die in den ›Wohnbereich‹ mit Küchen und zwei schmalen Schlafzimmern führte. Theaterplakate von *Steambath* und *The Indian Wants the Bronx* waren an die Wand über der Couch geheftet und viele Fotos von Tony strategisch im Zimmer verteilt. Die Rauhfasertapete war früher mal beige übermalt gewesen, aber Zeit und weitere Anstriche hatten die Farbe in ein elendes Khaki verwandelt.

»Kann ich ihm nicht wenigstens meinen blauen Pulli zeigen?« fragte Lucy, als sie ihre Päckchen ablegte. »Und die neuen Jeans?«

»Na, gut«, sagte Paula. »Aber erst kämmst du dich und waschst dir das Gesicht und die Hände.«

Lucy trottete davon.

»Und keine Schminke!« schrie Paula ihr nach.

Sie öffnete die Tür zu ihrem Schlafzimmer. Es war unordentlich wie immer.

»Tony? Oh, To-o-o-ny.« Sie warf ihre Päckchen aufs Bett. »Hallo? Bist du im Bad? Hallo! Wir haben Korvettes leergekauft.« Sie öffnete die Schachtel mit seinem Hemd. »Wir haben alles erworben, was im Ausverkauf zu haben war; es muß dir also gefallen, denn wir können es nicht umtauschen.« Sie holte das Hemd hervor. Es hatte auf dem Rücken das Bild von Rodins ›Denker‹. »He, wir haben dir ein Geschenk mitgebracht! Komm und sieh's dir an, Tony.«

Sie klopfte leise an die Tür zum Bad. »Tony? Du . . .« Sie öffnete die Tür. Leer. Sie ging ins Wohnzimmer zurück. Überall die Fotos — absichtlich lässig angeordnet: Tony DeForrest, Schauspieler, von vorn, Tony im Profil; Tony und Paula; Tony und Lucy . . . Dann fiel ihr Blick auf den Fernsehapparat.

In ihrem Zimmer packte Lucy den Pulli aus, als sie meinte, einen merkwürdigen Laut, wie ein Winseln, zu hören. Sie zog den Reißverschluß ihrer Jeans hoch, als sie einen Laut hörte, der ohne Zweifel ein Aufschrei war. Der Aufschrei ihrer Mutter, der sich jäh in ein Stöhnen tiefster Verzweiflung verwandelte. Lucy rannte mit klopfendem Herzen zu ihr.

Mitten im Wohnzimmer stand Paula mit einem Brief in der Hand. Dicke Tränen rannen über ihr Gesicht.

»Was ist ...? Ma! Ma! Was ist passiert. Was ist mit dir los?«

Paula wandte ihr das tränenüberströmte Gesicht zu. »Er ist ... weg! Er ist weg, ohne uns!«

2

Lucy bemühte sich, diese erstaunliche Information zu begreifen. »Du meinst Tony? Tony ist ohne uns nach Kalifornien ...?«

»Nach Italien«, schluchzte Paula.

»Hah?«

Paula ließ sich schwer in einen Sessel fallen. Der Brief hing in ihrer schlaffen Hand.

Lucy zog ihn ihr vorsichtig aus den Fingern. »Darf ich ihn lesen?«

Paula schluchzte immer noch und schien nicht zuzuhören, als Lucy anfing, leise den Brief vorzulesen.

»Liebe Paula. Es ist nicht leicht für mich, diesen Brief zu schreiben. Der Anfang verspricht nichts Gutes, was?«

Paula weinte weiter.

Lucy fuhr fort: »Wo soll ich bloß anfangen? Du weißt, du und das Kind bedeuten mir viel. Ich hab' den Job in L. A. schießen lassen. Es war sowieso nur eine blöde Fernsehrolle und ...«

Immer noch weinend sagte Paula: »Muß das sein?«

»Muß was sein?«

»Daß du ihn vorliest?«

»Ma, ich mag ihn nicht allein lesen. Ich lese ihn sehr leise vor.«

»... und letzten Montag hat Stan Fields angerufen. Ich soll in einem Bart ... Barto ... luk ...«

»Bartolucci.«

»Bartolucci-Film. Wer ist Bartolucci?«

»Ein italienischer Regisseur.«

»Was hat er gedreht?«

»Keine Ahnung. Hältst du solche Fragen jetzt für angebracht?«

Lucy zuckte mit den Schultern und las weiter. »Wir drehen sechs Monate in Spanien und Italien. Es ist eine tolle Rolle, Paula, und ich will sie mir nicht entgehen lassen. Ich war ein Arschkriecher ...«

Paula seufzte: »Schluß jetzt. Gib ihn mir.« Sie streckte ihre Hand aus.

»Arsch?« sagte Lucy. »*Das* Wort kenn' ich von ihm schon lange.«

Paula fielen die Wandzeichnungen ein, und ihr wurde klar, daß ›Arschkriecher‹ im Vergleich dazu gar nichts war.

»... ich war ein Arschkriecher in dieser Stadt, zwölf Jahre lang, und endlich wendet sich das Blatt für mich. Damals, als du zu mir gezogen bist, habe ich dir gesagt, daß es nicht für immer sein wird. Ich weiß ganz genau, daß ich dir das gesagt habe. Himmel, ich bin ja noch nicht mal von Patti geschieden. Wer ist Patti?«

»Ich hab' dir von ihr erzählt.«

»Nein, hast du nicht.«

»Ich habe gedacht, es wäre eine Belastung für dich, mit einem verheirateten Mann zusammen zu leben.«

»*Ich* hab schließlich nicht mit ihm gelebt«, sagte Lucy. »Das warst du ... *ich* war im Nebenzimmer.«

»Im Grunde waren sie so gut wie geschieden.«

Lucy wendete sich dem Brief wieder zu. »Da ich glaube, daß Abschiedsszenen keinem von uns guttun, bin ich schon früh aus dem Haus gegangen! So einen schlimmen Brief hab' ich noch nie gelesen, in meinem ganzen Leben nicht.«

»Es ist doch nicht zu fassen, nicht zu fassen, nicht zu fassen!« Paula weinte schon wieder.

»Ich hätte Euch für den Übergang gern etwas dagelassen. Er hat uns nichts dagelassen? Überhaupt nichts?«

Paula schüttelte den Kopf. »Du weißt, daß ich bis über die Ohren in Schulden stecke. Uhr und Kamera mußte ich verkaufen — Schulden bei den Kredithaien. Was ist ein Kredithai? Wie kann er einem Hai Geld schulden?«

»Das erklär' ich dir ein anderesmal«, sagte Paula.

»Aber ich weiß, du kommst immer zurecht. Außerdem kannst du immer wieder anfangen zu tanzen. Du ...«

»Was sagst du dazu?« unterbrach Paula. »Du kannst immer wieder anfangen zu tanzen. Tanzen! Ich bin dreiunddreißig. Ich kann ja kaum noch gehen. Soll *er* doch anfangen zu tanzen.«

»Du verdienst soviel mehr, als ich dir je geben kann. Ich

wünsche uns beiden alles Glück der Welt. Alles Liebe der Kleinen.«

»Hör auf. Ich kann nichts mehr hören«, sagte Paula heiser. »Bitte.«

»Ist ja nur noch ein Wort: Tony.«

Sie legte den Brief auf die Couch. Paula nahm sie in den Arm. »Bedeutet das, daß wir nicht nach Kalifornien ziehen?« fragte Lucy.

Paula nickte. Die Tränen fingen wieder an zu fließen.

»Also muß ich doch meine Schulaufgaben machen, nicht wahr?«

Paula nickte wieder und wiegte Lucy in ihren Armen.

Keine von ihnen konnte schlafen. Um halb zwölf kam Paula in die Küche und fand Lucy am Tisch sitzend und an die Decke starren.

»Du auch nicht?« fragte Paula.

Lucy schüttelte den Kopf.

Paula streckte ihr die Arme entgegen, Lucy stand auf und kuschelte sich an ihre Mutter. Für Lucy war das Geschehen von einseitiger Tragik: sie zogen nicht nach Kalifornien. Aber sie machte sich Sorgen um Paula, wenn auch kaum um Tony. Lucy vertraute zwar kindlich auf ihre eigene Unsterblichkeit — aber überhaupt nicht auf Bindungen zwischen Erwachsenen. Irgendwie hatte sie Tony nie recht gemocht, war ihm nie nahe gewesen; und nachdem dieses plötzliche Ende gekommen war, traf es sie zwar überraschend, aber nicht *so schrecklich* überraschend. Mehr als Paula hatte sie schon immer geahnt, daß so etwas passieren würde.

Sie streichelte ihrer Mutter das Haar. »Willst du nicht ein paar Sardinen?«

»Was?« fragte Paula verblüfft.

»Irgend 'ne Kleinigkeit zu essen.«

Paula lachte und zog sie noch enger an sich. »Wie kommt es nur, daß du immer so merkwürdige Sachen essen möchtest, hm?«

Lucy hob ratlos die Schultern, und Paula kicherte.

»Wie kommt es denn, daß du lachst?«

»Ich! Tu ich nicht. Ich bin so blöd, es ist wohl reine Hysterie.«

»Seltsame Art von Humor.«

»Du meinst, ich hätte schon ein bißchen was im Leben lernen können, hm?« fragte Paula. »Habe einen Schauspieler geheiratet, und er läßt mich sitzen. Lebe mit einem Schauspieler, und er fliegt aus. Das nächstemal, wenn ich mit einem Schauspieler nur spreche, wird er mich in den ..., du kennst das Wort ja, treten.«

»In den Arsch treten«, bekräftigte Lucy. Dann raffte sie sich zu gespielter Munterkeit zusammen. »He! Warum gehen wir nicht trotzdem nach Kalifornien? Vielleicht kommst du da im Fernsehen an. *Jeder* kriegt im Fernsehen einen Job.«

»Wir haben nicht genügend Geld, um durch den Lincoln Tunnel zu fahren«, sagte Paula.

»Wir können die Möbel verkaufen.«

»Sie gehören dem Hausbesitzer.«

»Mr. Spielmann?«

»Dem kleinen Engel höchstpersönlich.«

»Wir könnten sie mitten in der Nacht verkaufen«, sagte Lucy. Sie zog eine Haarsträhne durch die Lippen.

»Mir scheint, du stehst noch unter Tonys Einfluß, was? Reg dich nicht auf, Schatz, ich bekomme schon einen Job. Ich kann schließlich noch tanzen. Ich muß nur wieder in Form sein, dann geht es wieder.«

»Ich weiß.«

»Aber du machst dir Gedanken.«

»Nein.«

»Erzähl sie mir.«

»Hab' ich doch schon.«

»Ich meine, erzähl mir, was du gerade jetzt denkst.«

»Na, ja«, sagte Lucy. »Ich überlege, wie man Haien Geld schulden kann.«

Paula wandte sich ab. »Es tut mir leid«, sagte sie. »Aber ich bin nicht in der Verfassung, *diese* Frage jetzt zu beantworten.«

An der Stange arbeiteten zweiundzwanzig Menschen. In schwarzen Trikots (wie Paula), in weißen, in Badeanzügen, in grauen

15

Trainingsanzügen, sogar in Shorts (ein Mann). Es war eine zusammengewürfelte Gruppe. Ein paar Berufstänzer, einige Schauspieler, Hausfrauen, Geschäftsleute und einige, die wohl keinen bestimmten Beruf hatten. Ein paar hatten die muskulöse, straffe Kondition der professionellen Tänzer, die nur zu einem kurzen Training in die Stunde kamen, aber die meisten waren dicklich und steif. Paula bemühte sich keuchend, den Lektionen von Miss Marion zu folgen.

»Beugen ... beugen ... beugen ... hep, drei vier ... strecken und ... strecken ... und strecken, zwei, drei, vier. Ich sehe Sie, Paula.« Und weiter im Singsang: »Paula, oh Paula, Sie können sich vor mir nicht verstecken.«

Ich möchte sie am liebsten umbringen, dachte Paula.

»Und ... Zehen, zwei, drei, vier. Zehen, zwei, drei, vier. Mein Gott, Paula, was ist nur aus Ihrem Körper geworden?«

»Er hat sich verändert«, sagte Paula und hielt mit den Übungen inne. »Lassen wir ihn in Frieden ruhen.« Erschöpft setzte sie sich auf den Fußboden.

Eine halbe Stunde später stand sie angezogen vor einer Getränkebox. Sie warf einen Vierteldollar ein, drückte den Knopf für TAB und wartete. Nichts geschah. Sie drückte noch einmal. Nichts. Sie zog den Knopf für ›Geldrückgabe‹ und suchte in dem kleinen Fach nach ihrer Münze. Nichts.

»Scheiße!« sagte sie laut.

Hinter ihr erklang eine Stimme: »Paula?«

Sie sah sich um. Die junge Frau war mittelgroß und hatte dunkelblondes Haar.

»He«, sagte sie. »Donna Douglas. Ich war das Swing-Girl, als wir auf Tournee waren.«

»Oh«, sagte Paula. »O ja, natürlich. Hallo.« Sie wischte sich die Schweißperlen von der Stirn. »Puh!«

»Nicht so einfach, wieder in Form zu kommen, was?«

»Es ist schließlich zwei Jahre her ... Wirklich erstaunlich, daß Glücklichsein so schlapp macht.«

Ein Mann stand neben ihr vor der Box, warf seine Münze hinein, drückte den Knopf für TAB, und unten sprang eine Flasche heraus.

»Du weißt doch, daß ich mit Bobby zusammengelebt habe«, sagte Donna.

»Bobby, Bobby wer?« fragte Paula.

»*Bobby. Deinem* Bobby.«

Wie ein Wasserfall rauschte plötzlich die Erinnerung durch ihren Kopf. Ihr Bobby. Bobby Kulik. Schöner, wunderschöner Bobby. Mit dem Grübchen im Kinn und den glänzenden Augen. Und ohne Geld in der Tasche. Bobby, in den sie sich wie verrückt Hals über Kopf verliebt hatte. Bobby, von dem sie den ganzen Tag lang geträumt hatte und nicht erwarten hatte können, ihn am Abend wiederzusehen, die Nacht mit ihm zu verbringen. Bobby mit seinen Plänen, Erwartungen und zärtlichen, rührenden Hoffnungen und kindischen Sehnsüchten. Bobby, den sie geheiratet, dem sie sich absolut und vollkommen ergeben hatte. Der Lucy gezeugt hatte. *Der* Bobby. Der Schauspieler. Bobby, der Lump, der sie von heute auf morgen verlassen und sie dadurch bis zum Rand des Wahnsinns getrieben hatte. Armer Bobby.

»Ach, ja«, sagte Paula schließlich. »Oh, *diese* Donna. Ich konnte dich vorhin gar nicht unterbringen. Wie geht's Bobby?«

»Frag mich was Leichteres«, sagte Donna. »Wir haben uns vor drei Wochen getrennt. Er lebt jetzt mit meiner Wohnungsgenossin zusammen. *Beide* schulden mir Geld.«

Paula lachte spöttisch, als Donna ihr Geld in die Box warf. Die TAB-Flasche schoß heraus, sowie sie den Knopf drückte. »Vergiß es«, riet sie. »Wenn er *mir* schon seine Schulden nicht zurückgezahlt hat, bekommst du nie was.« Ein jäher Schmerz durchzuckte sie. »Sag mal, gibt es auch Rückgrat-Verpflanzungen?«

Donna trank ihre Limonade. »Ich hörte, daß du mit Tony nach Kalifornien ziehst. Das ist herrlich. Herrlich! Hör mal«, setzte sie leise hinzu, »ich will dir was sagen: Du hast Glück, Bobby losgeworden zu sein.«

»Ich bin auch Tony losgeworden«, sagte Paula lächelnd. »Er ist gestern nacht ausgezogen.«

Donna setzte die Flasche ab. »Mein Gott! Oh, Paula, ich bin ... Himmel ... Schauspieler.«

»Da sagst du mir nichts Neues!« meinte Paula.

Donna sagte, sie müsse sich beeilen — die nächste Stunde.

Paula spürte, wie der Schmerz sich ausbreitete. Sie drückte noch einmal auf den TAB-Knopf, wartete um sicher zu sein, daß nichts passierte, und schob resigniert eine zweite Münze in den Schlitz. Sie drückte den Knopf. Nichts. »Warum?« sagte sie laut. Eine ältliche Frau neben ihr sah sie an.

Paula trat zurück, holte aus und trat der Maschine in die Seite. »Aua!« stöhnte sie vor Schmerz.

»Alles entmenschlicht«, erklärte die Frau. »Das ist das Prinzip unserer Gesellschaft.«

Paula sah sie blicklos an und ging langsam durch die Tür und die Treppe hinunter. Sie bemerkte nicht, wie die alte Frau auf den Knopf drückte und vergnügt ihr TAB herauszog.

Bei Finast kaufte sie ein paar Lebensmittel ein und ging mit steifem Kreuz die 78th Street entlang, bis sie endlich an ihrem Haus war. Sie sah sich schon in ein dampfendes, duftendes Bad steigen. Ein heißes Bad war heilsam für die Seele! Sie holte die Schlüssel hervor, als Mrs. Crosby aus ihrer Souterrain-Wohnung kam. Mrs. Crosby war eine große, kräftige selbstbewußte Negerin, die vom Hauswirt als ›Managerin‹ des Hauses eingesetzt worden war. Mrs. Crosby betrachtete die Mieter als eine Mischung zwischen ihren Angestellten und Gefangenen.

»Ziehen Sie heute abend oder morgen früh aus?« fragte sie Paula streng.

»Tut mir leid, Entschuldigung!« sagte Paula, die nur an heißes Badewasser dachte. »Was sagten Sie, Mrs. Crosby?«

»Will nur wissen, wann Sie ausziehen.«

»Oh, ach ja, wir ziehen nicht nach Kalifornien. Ich vergaß, es Ihnen zu sagen.«

Mrs. Crosby sah sie ungerührt an. »Na, dann bin ich die einzige, der Sie es nicht gesagt haben, vergessen haben, meine ich. Die Wohnung ist untervermietet.«

»Was?« fragte Paula und bemühte sich verzweifelt, sich aus den Schwaden ihrer Gedanken zu kämpfen. »Was sagen Sie da? Wir haben bis Ende Juli bezahlt. Wir haben also noch drei Monate. Sie können die Wohnung doch nicht untervermieten.«

Mrs. Crosby starrte sie unbewegt an. »Hab' ich auch nicht —
das war Ihr junger Mann, Süße.«

Ungewollt gab Paula einen wimmernden Laut von sich. »Er ...
hat ... unsere Wohnung ... untervermietet?«

»Hat er mir gestern abend gesagt. Der Mietvertrag geht auf
seinen Namen; er kann also machen, was er will.«

»Aber ...«

»Absatz Drei C im Vertrag, Süße. Sollte der Mieter die Räume
untervermieten wollen, ehe sein Kontrakt abläuft, muß er den
Hausbesitzer mindestens ...«

»Schon gut, schon gut.«

»Solange Sie alles in tadellosem Zustand hinterlassen, ist's in
Ordnung.«

»Ich ziehe nicht aus!« schrie Paula wütend. »*Ich* habe die Wohnung in Ordnung gebracht, sie tapeziert, möbliert. Es ist *meine*
Wohnung. Meine! Mir ist es gleichgültig, was er gemacht hat. Ich
ziehe nicht aus, kapieren Sie?« Sie erschrak vor ihrem eigenen
Geschrei.

Mrs. Crosby blieb mit untergeschlagenen Armen stehen. Sie
hatte schon Schlimmeres erlebt. »Das geht mich nichts an, Süße.
Machen Sie das doch mit Ihrem neuen Mieter aus. Nur eins will
ich nicht haben ... Ärger in meinem Haus. Das wär's dann
wohl.«

Sie ging in ihre Wohnung zurück.

Paula blieb zunächst der Atem weg; aber dann schrie sie:
»Dieser Mistkerl! Dieses Charakterschwein, dieses gemeine!«

»Ja, ja«, stimmte Mrs. Crosby zu, ehe sie die Tür hinter sich
schloß.

Die Fotografien von Tony DeForrest segelten durch die Nachtluft.
Noch bevor sie auf dem Pflaster lagen, waren sie vom Regen
durchweicht. Paula stand am Fenster und warf ein Bild nach dem
anderen im hohen Bogen auf das nasse Pflaster. Lucy kam mit
einem Tablett ins Zimmer. Auf dem Tablett standen zwei Gläser
mit Milch, ein Teller mit Sardinen und Crackers. Sie sah zu, wie
ihre Mutter jetzt ein Bild an die gegenüberliegende Wand schmet-
terte.

»Und da sagst du mir immer, ich soll mein Zimmer in Ordnung halten.«

»Komm«, sagte Paula, »wir nehmen das Tablett und gehen damit ins Schlafzimmer.«

»Du sagst auch immer, wenn man im Bett ißt, ist das Bett voller Wanzen.«

»Krümel. Und die Krümel ziehen Wanzen an. Wir essen, ohne zu krümeln. Komm schon. Wir nehmen jetzt ein krümelloses Abendessen zu uns.«

Sie schloß das Fenster. Erst jetzt spürte sie, wie kalt der Abend war. Im Schlafzimmer zog sie sich schnell aus, ließ Rock, Bluse, BH und Strümpfe in einem unordentlichen Haufen auf dem Fußboden liegen und schlüpfte in ein altes, zerrissenes Nachthemd. Dann kroch sie neben Lucy unter die Bettdecke. Sie nahm ein Glas und trank die Milch in einem großen Schluck zur Hälfte aus.

»Hast du dir die Zähne geputzt?« fragte sie. Der Kopf einer Sardine verschwand in Lucys Mund.

»Hm.«

»Hast du?«

»Ja.«

»Hast du wirklich?«

»Ich hab'! Ma, ich hab'!«

»Um so besser. Denn so wie die Dinge aussehen, haben wir kein Geld, um in nächster Zeit Hunderte von Dollars für den Zahnarzt zu bezahlen.«

»Wie war's beim Tanzen heute?« fragte Lucy.

»Ich wand und zwängte mich in mein Trikot«, sagte Paula und nahm noch einen Schluck Milch. »Bist du sehr traurig wegen diesen ... diesen Scherereien?«

»Nein.«

Paula zog Lucys Kopf an ihre Schulter. »Natürlich bist du's. Nicht wahr?«

Lucy versuchte zu antworten, aber Paula drückte ihr Gesicht so fest an sich, daß nur ein Knurrlaut herauskam: »Biß...chen.«

»Wir kommen schon zurecht«, sagte Paula. »Du vertraust doch deiner Mutter?«

»Biß...chen.« knurrte Lucy.

»Ein Mädchen in der Klasse sagte mir, daß morgen Vortanzen für ein Musical ist. Ich gehe hin. Wahrscheinlich hab' ich sogar eine gute Chance.«

»Gut«, sagte Lucy und befreite sich aus der Umklammerung. »Dann mußt du aber Diät machen. Wie wär's, wenn du mir die Cracker gibst?«

»Na, hör mal«, sagte Lucy, »du bist ja schon ganz schön ...«

Die Türglocke läutete, und beide setzten sich mit einem Ruck hoch.

»Du weißt nicht, was das sein kann?« fragte Paula.

»Ich weiß, was es ist. Die Türklingel«, sagte Lucy. »Aber ... wer ... ist ... es?«

»Keine Ahnung«, sagte Paula und knipste noch eine Lampe an. Sie sah auf die Uhr. »Wer klingelt denn um diese Zeit?«

»Ha«, sagte Lucy. »Vielleicht Tony? Vielleicht hat er es sich überlegt und kommt zurück.«

»Du bist noch so klein«, sagte Paula, die fast — wenn auch nur fast — denselben Gedanken hatte.

Die Klingel schrillte wieder und wieder. Paula sprang aus dem Bett und zog sich einen alten Bademantel an.

»Bleib da«, sagte sie zu Lucy.

»Wenn du in einer Stunde nicht zurück bist«, erklärte Lucy tapfer, »rufe ich die Polizei.«

Paula ging durch das dunkle Wohnzimmer. Als sie an der Tür stand, klingelte es wieder.

»Wer ist da?« fragte sie gereizt durchs Schlüsselloch.

Keine Antwort.

»Wer ist da?« fragte sie noch einmal.

»Ist bei Ihnen ein Tony DeForrest?« fragte eine Männerstimme.

Paula gab keine Antwort.

»Weil ich nämlich seine Wohnung gemietet habe.«

3

Elliot kam sich vor wie ein Bündel Lumpen. Er war nach elf Uhr am Port Authority Bus Terminal ausgestiegen, nachdem er fünfundzwanzig Stunden lang im Greyhound-Bus von Chicago unterwegs gewesen war. Wie immer hatte er auch diesmal im Bus nach gutaussehenden Miezen Ausschau gehalten, neben die er sich setzen wollte. Und er war neben einem Seemann aus Baltimore gelandet, der nichts im Kopf hatte als *Johnny Unitas.*

»Hab' keine Ahnung, wieviele Tore der Junge Jones geschossen hat, aber eins weiß ich, keiner hat soviel im Köpfchen wie Johnny«, stellte er tiefschürfend fest. Er deutete auf seine Stirn.

Elliot, nur ein gemäßigter Sportsfreund, nickte zustimmend. Himmel, dachte er, warum kann ich nicht neben einem süßen Teenager sitzen, der von zuhause fortgelaufen ist, und mit ihm über seine Seelen-Probleme quasseln? Von hier bis Cleveland hätten wir einige geklärt, und bis New York hätte ich ein bißchen fummeln können. Er reichte dem Seelord die Hand.

»Elliot Garfield«, sagte er. »Es tut mir leid, ich verstehe nicht viel von Football.«

Der Matrose schüttelte ihm die Hand, wobei er sie so fest in seiner Pranke hielt, daß er sie fast zerquetschte. »Na, ja«, meinte er dann begütigend. »Und ich bin Reuben Brand auf dem Weg nach Baltimore. Wenigstens sind Sie klug genug, zuzugeben, daß Sie keine Ahnung haben.«

Elliot lächelte, entriß ihm die Hand und öffnete sein Buch über die Philosophie Spinozas. Er knipste die kleine Birne über seinem Kopf an. Draußen war es dämmerig, die ersten Lichter gingen an. Sie schienen gegen die hereinbrechende Nacht anzukämpfen. Die Räder summten auf der Straße. Elliot war kalt, er zog seinen Mantel fest um sich. Es war eine Kälte, die nicht von der Nacht, sondern aus seiner Einsamkeit, Angst und Erregung geboren war. Sicher, er war auf dem Weg nach New York, und er hatte dort eine gute Chance — aber niemand war dagewesen, um ihm auf Wiedersehen zu sagen und ihm nachzuwinken, weder Familie noch Freund, und jetzt war er endgültig allein.

»Was sind Sie, Anwalt oder so was?« Die Stimme brach in Elliots Gedanken ein.

Er sah auf. »Hmm?«

Der Matrose nahm die Mütze ab. Er war noch jung, trotz der hohen Ecken im dünnen Haar. Er würde bald eine Glatze haben.

»Tschuldigung«, sagte Elliot. »Ich versuche zu lesen.«

»Ich will ja nur wissen, ob Sie Anwalt sind, weiter nichts«, sagte der Seemann. »Ich meine, weil Sie ein Buch lesen.«

»Oh. O nein. Ich bin kein Anwalt. Schauspieler. Ich bin Schauspieler.« Elliot blätterte in seinem Buch.

»Schauspieler? Sie. Na, so was! Wissen Sie, irgendwie dachte ich mir, Sie sind schon was Besonderes. Schauspieler! Heiliger Bimbam! He, hab' ich schon mal von Ihnen gehört? Wie heißen Sie?«

»Ich dachte, das hab' ich Ihnen schon gesagt«, meinte Elliot mißmutig. »Elliot Garfield.«

Der Matrose nickte und machte ein nachdenkliches Gesicht. »Elliot Garfield, Elliot, Elli...« Er sah ihn an. »He, haben Sie nicht mal in *Kojak* mitgespielt?«

Elliot schüttelte den Kopf. »Nein.« Er versuchte, zu Spinoza zurückzukehren.

»Jetzt hab' ich's«, sagte der Seemann erfreut. »Ich weiß doch, daß ich Sie schon mal gesehen habe. Sie waren in M.A.S.H. dabei. Klar, mit den Krankenschwestern. Hi-Hi. War ein verdammt prima Film.«

Elliot schüttelte wieder den Kopf. »Das war Elliot Gould«, sagte er. »Das ist ein anderer.« Er nahm seine schwarzgeränderte Brille ab und strich sich über den Bart. Das schien eine sehr lange Reise zu werden.

Aber erst nach einem Halt von zehn Minuten bei Howard Johnson fragte der Matrose weiter: »Okay, in welchem Film waren Sie denn, verdammt noch mal?«

»Reuben«, sagte Elliot, »ich habe noch keinen Film gemacht —

jedenfalls bis jetzt nicht. Ich bin Bühnenschauspieler, Shake-speare, Shaw, Pinter, Albee ... Bühne!«

Reuben nickte stumm. Dann: »Ich war noch nie im Theater. Ich glaube, sie spielen in Baltimore nicht Theater — sie spielen da nur Football, und ich weiß, daß es auch in Seattle kein Theater gibt.«

»Kommen Sie aus Seattle?«

»War drei Wochen da — Urlaub. Drei Wochen und nichts zu tun.«

»Wie schön«, sagte Elliot. »Ich hoffe, Sie haben es genossen.«

Nach dem dritten Halt geriet er in Versuchung, seinen Platz zu wechseln, als er ein dünnes Mädchen mit einem sehr vollen orangefarbenen Pullover einsteigen sah. Aber dann kam er sich unfair vor, als ob er Reuben verlassen würde, und er blieb sitzen. Spinoza war der einzige Philosoph, den er einigermaßen ver-stand, und er las das Buch mit einer Mischung aus Vergnügen und Sturheit. Sein Vater hatte früher Spinoza mit großem Ver-ständnis gelesen, und Elliot hatte sich damals oft gewundert, wie ein so unintellektueller Mann sich ohne Mühe in dieser Ideenwelt zurechtfand. Wie so vieles andere an seinem Vater war das ein Wunder, das er mit ins Grab genommen hatte — der Postbeamte, der Spinoza geliebt hatte.

»Wie alt sind Sie?«

»Was?«

»Wie alt sind Sie?« fragte Reuben.

»Hören Sie mal, Reuben, hm, ich versuche etwas — na, etwas Schwieriges zu lesen. Lassen Sie mich bloß noch das Kapitel zu Ende bringen, und dann hab' ich Zeit für Sie.«

»Vielleicht kann ich helfen? Ich lese ganz gut. Zeigen Sie mal, womit Sie Schwierigkeiten haben?«

Elliot deutete auf eine Zeile. »Nicht Schwierigkeiten, wie Sie meinen, bloß ...«

Reubens Blick wanderte langsam über den Absatz.

... ist stolz und meint, den Menschen eine Freude zu sein, während er in Wahrheit ein Ärgernis ...

Elliot wartete. Schließlich sah Reuben auf. »Da steht was von Ärgernis. Hilft Ihnen das weiter? Ärgernis?«

»Ja«, sagte Elliot. »Danke. Ich bin vierunddreißig. Und es ist nicht so, daß ich keine Filme machen *will*. Möchte ich schon, das können Sie mir glauben. Nur — bisher hatte ich noch keine Chance.«

»Ich bin achtzehn«, erklärte Reuben vergnügt.

»Das ist schön«, sagte Elliot. »Sehr schön. Ich wünschte, ich könnte noch mal achtzehn sein.«

Was rede ich nur für einen Quatsch, dachte er. Stunden später fuhren sie über die Grenze von New York State, und noch weitere Stunden danach kamen sie nach Manhattan, wo es in Strömen goß. Als sie neben dem Bus darauf warteten, daß der Fahrer ihr Gepäck herausgab, sagte er zu Reuben:

»Hör mal, wenn du Zeit hast, lad' ich dich zu einem Bier ein. Was sagst du dazu?«

»Oh«, Reuben lächelte überrascht. »Tja, das ist wirklich nett von Ihnen, Elliot, aber ich muß den Anschluß nach Baltimore kriegen. Er soll in zehn Minuten abfahren, wenn meine Uhr richtig geht. Wie spät ist es auf Ihrer?«

Elliot sah sich um, bis er eine Uhr entdeckte. »Elf Uhr dreißig«, sagte er. »Ich glaube, wir haben ein bißchen Verspätung.«

»Diese Scheiß-Busse haben doch immer Verspätung«, knurrte Reuben. »Trotzdem, vielen Dank.«

Elliot nahm seinen Koffer auf und streckte Reuben die Hand hin. »Viel Glück, Seelord.«

»Auch für Sie«, sagte Reuben. »Hoffe, daß Sie mal in *Kojak* mitspielen.«

Elliot winkte ihm zu und lief schnell die Stufen des Bus-Bahnhofs hinunter.

Zwanzig Minuten später stieg er bei West 78th Street aus einem Taxi. Er gab dem Fahrer drei Dollar und rannte zur Tür eines alten Backsteinhauses. Drinnen mußte er die Brille putzen, weil sie so beschlagen war. Die Fassung wird bald brechen, dachte er, das ist immer so mit den billigen Plastikdingern, wenn sie zu oft naß werden. Er stolperte die Treppen hinauf und schlug dabei abwechselnd mit seinem Koffer und seiner Gitarre an Wände und Geländer. Er studierte die Obszönitäten an den Mauern und lächelte. Endlich war er im vierten Stock, zog seine Habe hinter sich her und ging zur Tür. Seine Brille war schon wieder beschlagen. Er zog den Schlüssel aus der Manteltasche, schob ihn ins Schlüsselloch und drehte ihn um. Er machte sich am Türknauf zu schaffen. Nichts nützte. Die Tür war von innen verriegelt.

Er klingelte und wartete. Wartete.

Er klingelte noch einmal. Wartete.

Endlich hörte er die ärgerliche Stimme einer Frau.

»Ich bin Elliot Garfield«, schrie Elliot durch die Tür. »Ist Tony zuhause?«

»Hier gibt es keinen Tony.«

»Wie bitte?« Ulkig, er schien auch nicht mehr gut zu hören, wenn seine Brillengläser beschlagen waren.

»Hier ist kein Tony.«

»Ist kein Tony DeForrest?«

»Hier gibt es keinen Mann dieses Namens.«

»Sekunde bitte«, sagte Elliot. Er kramte in seiner Tasche, bis er einen kleinen Zettel fand. Er nahm die Brille ab und hielt ihn dicht vor die Augen, überprüfte die Adresse, die auf dem Stück Papier stand und dann die Zahl auf der Tür. »Das ist die richtige Wohnung«, erklärte er der Tür. »Ich war vor zwei Jahren schon mal hier.«

»Mir ist es völlig wurscht, welche Wohnung Sie suchen«, sagte die Stimme hinter der Tür. »Hier ist kein Tony DeForrest.«

»Könnten Sie die Tür nicht mal 'ne Minute aufmachen?« bat Elliot, der allmählich die Geduld verlor.

»Nicht um zwanzig vor elf.«

»Himmel«, sagte Elliot. »Sie haben doch bestimmt eine Kette. Lassen Sie sie dran und machen Sie die Tür nur einen Spalt auf. Ich will ja nur mit Ihnen vernünftig reden.«

Stille. Dann das Geräusch von klirrenden Metallgliedern. Endlich ging die Tür einen Zentimeter weit auf, und Paula sah heraus.

»Also schnell«, sagte sie. »Mein Mann schläft nämlich.«

Elliot hätte am liebsten aufgeschrien. »Hören Sie, irgendwo ist da was falsch gelaufen. Ich habe diese Wohnung von einem Freund gemietet. Tony DeForrest. Er wohnt hier.«

»Das wird meinem Mann neu sein«, sagte Paula überheblich.

»Sehen Sie doch bitte«, sagte Elliot und kramte wieder in seiner Manteltasche. »Ich habe hier eine Quittung über Miete für drei Monate. Ich hab' ihm einen Scheck geschickt. Und morgen soll ich einziehen können, aber ich bin etwas früher gekommen, weil ich morgen schon anfangen muß zu arbeiten — und ich dachte, ich kann mich hier ausschlafen. Sie sehen ein bißchen verwirrt aus. Na, kann ich wenigstens mal mit Ihrem Mann sprechen?«

Elliot setzte seine Brille wieder auf.

»Er ist im neununddreißigsten Polizeirevier«, sagte Paula schnell. »Fragen Sie morgen um neun nach Charlie D'Agostino. Morddezernat. Gute Nacht.« Sie schlug ihm die Tür vor der Nase zu.

Elliot tropfte den Flur naß.

Paula stand hinter der Tür und atmete einmal tief durch. Bitte, dachte sie, bitte geh weg. Und wenn es nur für heute nacht ist, dann geh wenigstens für heute nacht weg. Sie ging ins Schlafzimmer zurück und zog den Bademantel aus. Dann kletterte sie in das Bett mit der viel zu weichen, nach unten wegsackenden Matratze. »Nimm irgendwen«, hatte Paula einmal einer Freundin gesagt, »Muhammad Ali, Bruce Jenner, irgend jemand in bester physischer Kondition, und laß ihn nur eine Nacht in diesem Bett schlafen — ich garantiere dir, er wacht als Krüppel auf.« Sie rollte sich neben Lucy.

»Wer war das?« fragte Lucy.

»Denk nicht drüber nach«, antwortete Paula.

»Es klang mir nicht unbedingt nach Nicht-drüber-nachdenken.«

»Tony hat die Wohnung vermietet«, sagte Paula. »Ich weiß nicht, an wen. Aber ich gebe sie nicht auf! Es ist unsere Wohnung. Nun schlaf schön.«

Lucy drehte sich um. »Er hat unsere Wohnung vermietet?«

Paula nickte.

»Scheißkerl!«

Der Regen strömte und weichte ihn vollkommen durch. Elliot stand vor dem Haus und zitterte vor Kälte und Nässe. Das ist reiner Irrsinn, dachte er. Absolut irre! Dieses Weib'. Irgend was stimmte nicht mit ihr ... Sekundenlang wurden seine Brillengläser klar und er erkannte ein Schild: *Hausverwaltung*. Er stolperte die Stufen hinunter, klingelte und wartete, bis eine Stimme fragte: »Wer ist da?«

»Hallo?« sagte Elliot. »Sind Sie die Hausverwaltung? Hallo? Hören Sie, mein Name ist Elliot Garfield, und ich habe die Wohnung ganz oben gemietet. Aber da ist jemand drin, und man läßt mich nicht rein.«

»Was sagen Sie?«

Elliot wollte seine Stimme erheben, aber dann wurde ihm klar, daß das bei dem prasselnden Regen nichts nützen würde. »Machen Sie doch mal die Tür auf«, kreischte er.

»Mach' ich bestimmt nicht; also sagen Sie, was Sie sagen wollen.«

»Sind Sie die Hausverwaltung?« schrie Elliot.

»Bin ich«, sagte Mrs. Crosby.

»Ich weiche hier draußen allmählich auf«, schrie Elliot. »Ich habe die Wohnung da oben gemietet. Hören Sie mich? Gemietet! Ich. Aber man läßt mich nicht rein. Verstehen Sie mich? Hallo?«

»Jaaa.«

»Sie wollen mich nicht ...« Er verstummte. Es war hoffnungslos.

»Sie haben Schwierigkeiten«, sagte Mrs. Crosby. »Ich meine, mit Ihrem Vermieter. Geht die Hausverwaltung nichts an. Und mehr sag' ich nicht.«

Elliot kletterte schon wieder die Treppe hinauf und zog sein Gepäck hinter sich her. Er stand wie ein geblendetes Tier auf der Straße, durchnäßt bis auf die Haut. Er konnte sich atmen hören, während er dahinschlurfte. Zwei Blocks weiter fand er eine Telefonzelle, zog eine Münze heraus und warf sie ein. Das Telefon schwieg. Elliot drückte die Gabel herunter und dann den Geldrückgabe-Knopf. Nichts. Er stöhnte laut.

Gegenüber war noch eine Zelle. Was bleibt mir anderes übrig, dachte er. Der Regen schlug ihm wie mit Nägeln auf die Schultern und den Kopf, rann über sein Gesicht. Er zerrte seinen Koffer über die Straße; die vorbeifahrenden Wagen überschütteten ihn mit Wasserfällen. Wieder warf er eine Münze in den Apparat. *Bitte, bitte!* Er hörte ein Piepen und wählte sorgsam die Nummer.

Lucy träumte, daß sie in der Schule war. Aber die Schule war eine Höhle, und alle zwanzig Minuten oder so erschien der riesige Schatten ihrer Lehrerin, Mrs. Mrudoch, vorm Eingang zur Höhle. Lucy versuchte sich zwischendurch zum Eingang zu schlängeln als ... *Brrrr!*

Geh weg! *Brrrrrriiiiiing!*

Es hörte nicht auf.

Rrrrrriiiiinnnng!

Lucy wachte auf und setzte sich hin. »Das ist nicht für mich«, sagte sie zu Paula, die ebenfalls aufrecht im Bett saß. »Meine Freundinnen schlafen alle.«

»Pssst!« sagte Paula.

Das Telefon klingelte wieder, und Paula nahm den Hörer auf.

»Hallo?« sagte Elliot in die Muschel. »Hallo, ist Tony da?«

»Wer spricht?« fragte Paula.

»Sie wissen doch, wer hier ist. Ich war vorhin oben ... Ich erkenne Ihre Stimme, Mrs. D'Agostino.«

»Wer?« Herrgott, es war ihr zu spät eingefallen.

»D'Agostino«, sagte Elliot und lehnte sich schwer an die Wand der Telefonzelle. »Und wie kommt es, daß Sie sich unter der Nummer von Tony DeForrest melden? Und wieso öffnet der Schlüssel, den er mir per Luftpost geschickt hat, Ihre Tür, ha? *Ha!* Haben Sie eine Antwort auf diese Fragen, Mrs. D'Agostino?«

»Nein«, sagte Paula, »aber vielleicht können Sie antworten?«

»Oh«, sagte Elliot, »das kann ich leicht.« Draußen gingen zwei Männer langsam die Straße entlang. »Die Antwort ist, was da oben vorgeht, stinkt zum Himmel! Ich habe keinen trockenen Faden am Leib, Mrs. ... wie immer Sie heißen ... und ich weiß nicht, wo ich heute nacht schlafen soll. Schließlich will ich nicht meine letzten paar Kröten in einem miesen Hotel ausgeben.« Er sah auf seine wasserdichte Uhr. Sie war zehn Minuten nach zwölf

Uhr stehengeblieben. Die beiden Männer kamen jetzt auf seine Telefonzelle zu. Sehr langsam. Was für 'ne Sorte Mensch geht bei diesem Wetter so langsam?

»Nach meiner wasserfesten Uhr ist es jetzt zwanzig nach zwölf«, fuhr er fort, »und vom juristischen Standpunkt aus gehört die Wohnung seit zwanzig Minuten bereits mir. Kann ich jetzt raufkommen und die Lage freundschaftlich mit Ihnen besprechen? Oder soll ich bei Morgengrauen mit Bullen und Staatsanwalt die Bude stürmen?«

Paula knirschte mit den Zähnen. »Ich werde mich gegen Ihr Eindringen mit der Waffe in der Hand verteidigen.«

Instinktiv hielt Elliot den Hörer von seinem Ohr ab, als sie das Telefon aufschmiß.

Die beiden Männer standen vor der Zelle — direkt neben seinem Gepäck. Der größere von ihnen mit Schirmmütze und halblanger Jacke stieß mit dem Fuß gegen seinen Koffer. Der andere im gestreiften Anzug grinste ihn an. Elliot wollte seine Börse herausziehen, weil er schon wieder Kleingeld brauchte ... aber dann ließ er es lieber sein. Er öffnete die Tür, und der Große kam in die Zelle.

»Wie es gießt«, bemerkte Elliot freundlich und bückte sich nach seiner Gitarre.

»Na, Junge«, sagte der Große. »Hast du Kleingeld?«

Hab' ich mir's doch gedacht. Sie werden mich umbringen. Schauspieler aus Chicago in West 76th Street erstochen aufgefunden. Nein, nein. Arbeitsloser Schauspieler. Nein. Nicht identifizierter Mann. Ja, so! Nicht identifizierter Mann erstochen aufgefunden. Fabelhaft.

»Na«, wiederholte der Große. Der Regen schien ihm nichts auszumachen. »Hallo, ich hab' Sie was gefragt. Haben Sie Kleingeld?«

Auf diese Frage gab es keine richtige Antwort. »Nein«, würde ihn erzürnen. »Ja«, hieß, daß er seine Brieftasche ziehen mußte, und sie ihm das Ding entreißen und dann erschlagen/erstechen/erwürgen würden.

»Ich habe nur Scheine«, sagte Elliot. »Ich brauche selbst Münzen. Warten Sie mal.«

Er ging auf die Straße und winkte. Zwei Wagen zischten vorbei, ein Taxi und ein Personenwagen.

»Kleingeld?« schrie er, zog seine Brieftasche heraus und entnahm ihr einen Dollarschein. Er winkte mit dem Schein in den Regen hinaus. »Hallo, Kleingeld. Wechseln!« Die Wagen rasten vorbei. »Hallo, schwangere Frau zu Hause, brauche dringend Kleingeld!«

Ein Taxi hielt kreischend, und Elliot lief hin, wollte einsteigen, überlegte es sich — seine *Gitarre! Für meine Gitarre opfere ich jetzt ein Leben*, dachte er. »Können Sie mir einen Dollar wechseln?« sagte er atemlos zu dem Taxichauffeur und hielt ihm die durchnäßte Dollarnote hin. »Es ist ein Notfall.«

Der Fahrer sah ihn an. »Ich sag' dir was, Junge, hier hast du fünfzig Cents. Nimm sie oder laß sie.«

»Ja ... gut. Okay. Hier.«

Der Fahrer gab ihm die Münzen und rollte dann sofort das Fenster hoch. Elliot ging zur Telefonzelle zurück und zeigte dem Großen die Münzen. »Ich kann Ihnen nur zwanzig Cents geben«, sagte er. »Der Hurensohn von Taxifahrer hat mir nur fünfzig gegeben.« Der Große nahm einen Dime und zwei Nickels.

»Es geht ihm nicht so gut«, sagte er und zeigte auf seinen Freund im gestreiften Anzug. »Ich muß jemanden anrufen, der ihn abholt.«

Der Dünne sah auf und sprach mit erstickter Stimme: »Zufällig bin ich Chefingenieur einer kleinen aber erfolgreichen technischen Gesellschaft in Long Island.«

»Sehr ... sehr angenehm«, erwiderte Elliot. Dann sah er den Großen an. »Bitte, ich lasse Ihnen den Vortritt. Er sieht wirklich nicht gut aus.«

»Nein, nein«, meinte der Große. »Der Regen tut ihm gut, das Wasser klärt sein Gehirn. Sie gehen zuerst.«

Widerstrebend drückte Elliot sich in die Zelle. Die beiden Männer draußen starrten durch die Glastür. Elliot warf seine Münze ein.

»Du hast eine Waffe?« fragte Lucy. »Das wußte ich ja gar nicht.«

»Wenn *du* das glaubst«, sagte Paula, »nimmt er es mir vielleicht auch ab.«

Paula ging in die Küche und öffnete den Eisschrank. Sie goß sich ein Glas Milch ein.

Lucy erschien in der Tür. »Wir haben Ärger, stimmt's?«

»Wir haben nicht Ärger«, sagte Paula, »wir haben recht. Besitz ist neun Zehntel des Gesetzes.«

»Und was ist das letzte Zehntel?« fragte Lucy.

Paula nahm einen großen Schluck. »Sei still.«

Zwei Minuten später klingelte das Telefon. Paula starrte es an ohne sich zu rühren. Es klingelte weiter.

»Ist dies das letzte Zehntel?« fragte Lucy.

»Ach, geh doch ins Bett«, sagte Paula. »Ich werde schon damit fertig.«

»Hallo?«

»Ich hab' eben das 37. Revier angerufen. In der Mordkommission gibt's keinen Charles D'Agostino. Dann rief ich Rita Scott, eine befreundete Schauspielerin, an, die vor ein paar Monaten mit dem ach so beliebten Tony im *Kaufmann von Venedig* gespielt hat. Rita hat mir alles von der früheren Tänzerin erzählt, mit der Tony das letzte Jahr lang zusammengelebt hat. Eine gewisse Paula McFadden. Sie hat eine zehnjährige Tochter Lucy. Sie sagte mir außerdem noch, daß der Mietvertrag ...«

Draußen untersuchte der große Mann Elliots Gitarrenkasten.

»... auf Tony DeForrest lautet. Sie weiß das so genau, weil Rita mit dem ach so beliebten Tony vorher dort gelebt hat, vor Paula und Lucy.«

Elliot machte eine Pause, um Atem zu holen.

»Also, können wir die Unterhaltung jetzt in einem etwas trokkeneren Raum fortsetzen, Mrs. McFadden?«

Die Antwort kam prompt: »Ihr Problem geht wohl eher das Wohnungsamt an. Auf Wieder ...«

»Warten Sie. Nicht einhängen! Bitte, legen Sie nicht auf! Ich hab' kein Kleingeld mehr ... Das Wasser steht mir in den Schuhen, ich hab' keinen trockenen Faden am Leib, Mrs. McFadden, und ich bin für Krankheiten sehr anfällig. Hören Sie, ich weiß nicht, was Tony Ihnen erzählt hat, aber auf jeden Fall hat er mein Geld, und ich habe seine Quittung, und Sie sitzen in der Wohnung. Also, einen von uns hat er beschissen ... 'tschuldigung, ich kann das auch anständiger formulieren. Wir beide müssen darüber reden. Und ich bin weder gesundheitlich noch finanziell in der Lage, mir bei dem strömenden Regen ein Hotel zu suchen. Sie verstehen? Und wenn es so was gibt wie eine Seventy-eight-Street-Grippe, dann habe ich sie eben erwischt.«

Plötzlich fiel ihm ein, wie er mit einem Freund zu einer Grippeschutzimpfung gegangen war und in einer Schlange lange hatte warten müssen. An der Wand hatte ein Schild gehangen, auf dem gestanden hatte: *Nennen Sie jedes Symptom wie Schwindel, Atembeschwerden, Erbrechen oder Schaum vor dem Mund.* ›Das wär's‹, hatte er zu seinem Freund gesagt. ›Mit allem anderen könnte ich fertig werden — aber nicht mit dem Schaum vorm Mund.‹

»Sie hätten sich gegen Grippe impfen lassen sollen«, sagte Paula freundlich.

Die beiden Männer draußen gingen lachend weg.

»Fünf Minuten«, sagte Elliot, »ich bitte ja nur um fünf Minuten. In nunmehr dreißig Sekunden läuft das Gespräch ab, Mrs. McFadden. Meine Nummer hier ist 8-7-4-5-2-6-1. Die Zelle an der Ecke, und das Wasser steigt und steigt. 8-7-4 ...«

Im Telefon machte es klick. »Ach, verdammte Scheiße!«

Jetzt war ihm tatsächlich schwindlig. Verzweifelt suchte er nach einer Münze. Nichts. Er hauchte in die Hände und schlug mit den Armen, um sich zu wärmen. Die Knie wurden ihm weich. Ein Polizeiauto fuhr langsam vorbei, die Polizisten sahen mißtrauisch in die Zelle.

Er wartete. Endlich nahm er sich zusammen und öffnete die Tür. Es regnete immer noch, nur der Wind hatte sich etwas gelegt. Er nahm die Tasche, warf sie über die Schulter, dann griff er nach dem Koffer und seiner Gitarre. Er war noch keine drei Schritte gegangen, als das Telefon läutete.

4

Elliot lehnte sich schwer gegen die Türglocke. Er war völlig erschöpft. Er sah aus, als wäre er mit allen Sachen eben aus einem Swimming-pool gestiegen. An seinem Hemd versuchte er die Brille zu trocknen. Endlich klickte die Türkette, der Türknauf drehte sich, und die Tür wurde geöffnet.

»Danke«, sagte er. Ein ehrliches Wort.

»Fünf Minuten«, sagte Paula.

Elliot bückte sich nach seinem Gepäck.

»Lassen Sie Ihre Sachen ruhig draußen, es wird kein Dauergespräch.«

Er nickte und trat ein. Paula schloß die Tür hinter ihm. Elliot wischte sich mit einem klatschnassen Taschentuch über das Gesicht.

»Ich mach' Ihnen den ganzen Teppich naß.«

»Das ist schon mal vorgekommen, nichts Neues«, sagte Paula.

Sie ging hoch erhobenen Kopfes ins Wohnzimmer, lehnte sich an den falschen Kamin und legte einen Arm darauf. Na, gut, dachte sie, zumindest ist er nicht gefährlich. Aber ärgerlich. Und stur. Und — das darf ich *ja* nicht vergessen — der Zweck seines Besuches ist: er will mich und meine Tochter aus meiner Wohnung vertreiben. O nein, sie würde das nie geschehen lassen. Nur über ihre Leiche ...

»Hören Sie«, sagte Elliot, »mir tut das alles sehr leid. Wirklich. Ich ahnte nicht, daß es so kompliziert ist.«

»Nun, ja«, meinte Paula und sah weg, »das bin ich jetzt schon gewohnt.«

»Also gut«, sagte Elliot und sah sie zum erstenmal genau an. »Ich kann Ihre feindselige Einstellung zur Not verstehen. Ich kapiere allmählich: Tony vermietet mir die Wohnung, haut mit dem Geld ab, und Sie und Ihre Tochter sitzen in der Tinte. Stimmt's?«

»Das ist Ihre Version«, sagte Paula kühl. *Denk dran, nie nach-*

geben! »Meine Version ist, daß Tony und ich uns in bester Freundschaft getrennt haben. Wir sind übereingekommen, daß ich die Wohnung behalte, und Sie sind mit Ihren sechshundert Dollar verladen worden. Zu dumm für Sie!«

Elliot mußte lachen. Er nickte. »Sehr gut. Helles Köpfchen. Kluges Köpfchen wie jede geborene New Yorkerin, was?«

»Mitnichten«, sagte Paula, »ich bin ein Landei aus Cincinatti. Aber wenn jeder versucht, einen zu verladen, wird man allmählich helle.«

Unter anderen Umständen würde wir das Gespräch sogar Spaß machen, dachte Elliot. Die Frau schien ein bißchen verbittert zu sein, aber sie sah nicht schlecht aus. Und unter dieser Herbheit war eine gewisse Ruhe, etwas Sanftes. Trotzdem, er brauchte heute nacht wenigstens noch etwas Schlaf.

»Okay«, sagte er, »kommen wir zur Sache. Ich habe eine Quittung in der Tasche. Sticht die Trumpfkarte endlich?«

»Das As in meinem Spiel ist eine schlafende Tochter in meinem Bett.«

»Haben Sie sich doch nicht so, stellen Sie sich nicht an! Ich habe nun mal das Gesetz auf meiner Seite. Außerdem noch einen Anwalt. Ich muß ihn nur anrufen und ...«

Sie lächelte. »Lieber Himmel«, sagte sie.

»Was?«

»Ein Schauspieler!« sagte Paula.

»Was?«

»Schon wieder ein gottverdammter Schauspieler. Ich habe nun mal das Gesetz auf meiner Seite. Außerdem noch einen Anwalt. Ich muß ihn nur anrufen und ... Ist das nicht aus *Endstation Sehnsucht*? Und Sie spielen Stanley Kowalski auf einer Freilichtbühne, was?«

»Falsch«, sagte Elliot, »hab' ich letzten Winter in Chicago gespielt. Dreieinhalb Monate im Drury Lane.«

Paula sah ihn listig von der Seite an. »Schon nach der ersten Frage ist jeder Schauspieler der Größte.«

»Möchten Sie die Kritiken sehen? Zum Beispiel hieß es: Elliot Garfield gibt Kowalski Dimensionen, die nicht mal Brando erahnt hat. In Ordnung?«

Paula schürzte die Lippen. Sie betrachtete ihn genauer und versuchte durch seinen Bart zu erkennen, wie sein Gesicht wirklich aussah. Nicht zu schlecht, tatsächlich, sogar attraktiv, eine Art von zu klein geratenem Paul Newman. Beinahe. Gab sich auch so affig.

»Umwerfend! Sie schreiben ja umwerfend gut ... Sind Sie für den Stanley nicht ein bißchen zu klein?«

»Hat keiner gemerkt«, sagte Elliot, »ich stand auf dem Pokertisch. Was sind Sie denn — Kritikerin?«

»Nein, nein«, sagte Paula. »Ich *liebe* Schauspieler. So lange sie auf der Bühne bleiben, wo sie hingehören. Laß sie runter ins wirkliche Leben, und die Welt geht in Trümmer.«

»Ich glaube, Sie sind nicht sehr fair zu ...«

»Ich habe die Schnauze voll von Komödianten. Und von denen laß ich mich schon überhaupt nicht aus meiner Wohnung jagen. Wollen Sie Ihr Geld wiederhaben? Na?«

»Ach ... ja, wenn ...«

»Dann holen Sie es sich in Neapel. Wollen Sie diese Wohnung haben?«

Elliot gab keine Antwort.

»Dann kaufen Sie mir zwei Tickets nach Kalifornien. Ich geb' Ihnen genau zwei Minuten, dann schrei ich durchs ganze Haus: Hilfe! Vergewaltigung!«

Elliot schüttelte den Kopf. Merkwürdig, je länger er hier stand, und je schlimmere Dinge sie ihm an den Kopf warf, um so anziehender fand er sie. Das Muttertier, das ihr Kleines verteidigte.

»Je, je — Sie haben ja was von 'ner Naturkatastrophe an sich! Ein Wunder, daß Tony sich nicht über die Sieben Meere abgesetzt hat.«

»Ich hoffe, Sie überlegen sich was, während ich zähle.«

»Sie kommen doch zu nichts; auch Ihre zwei Minuten helfen Ihnen nicht die Spur. Wir müssen handelseinig werden!«

»Handelseinig?« fragte Paula müde.

»Weiß ich's?« fragte Elliot, denn er wußte nicht mehr weiter. *Wie wär's, wenn ich ohnmächtig auf die Erde falle, ihr vor die Füße?* »Lassen Sie mich mal nachdenken. Ich bin eben angekommen. Darf ich wohl eine Tasse Kaffee haben?«

»Nein.« *Wenn du nur einen Zentimeter nachgibst, rollt er eine Meile.*

»So ein netter Mensch! Und so offenherzig! Also, die Situation ist so ...«

»Die Situation ist mir bekannt.«

»Würden Sie wenigstens so höflich sein und mich anhören? Na? Sie sind nicht der einzige Mensch, der ›Vergewaltigung‹ schreien kann, wissen Sie. Wir sitzen nämlich im selben Boot.«

»Nicht dumm, Holmes.«

»Wir beide nämlich«, wiederholte Elliot. Er schluckte und sprach sehr schnell weiter. »Und ich meine, die einzig praktische Lösung ist: Wir teilen die Wohnung.«

»Ich nehme an«, sagte Paula.

»Was?« Elliot traute seinen Ohren nicht.

»Ich nehme an«, sagte Paula noch einmal. Ihre Entscheidung war rein impulsiv. »Vielleicht bin ich eigensinnig, aber bestimmt nicht dumm.«

»Das darf doch nicht wahr sein!«

»Ich habe eine Tochter, die zur Schule geht, und ich muß mich nach einem Job umsehen. Sie haben den Schlüssel. Ich müßte also den ganzen Tag hinter der Tür lauern, damit sie nicht reinkommen.«

»Sie haben auch eine Kette«, sagte Elliot.

»Sie zerspringt in tausend Teile, wenn Sie zu laut sprechen«, erklärte Paula. »In einer Sekunde wären Sie trotz Kette drin.«

»Sie könnten zusätzliche Schlösser anbringen«, meinte Elliot und dachte: Was mache ich bloß? Ich zerstöre mein eigenes Boot.

»Was auch immer ... Mrs. Crosby hat einen zweiten Schlüssel.«

»Sie könnten die Polizei rufen«, sagte Elliot.

»Sie auch«, sagte Paula abschließend. »Nein, Sie haben gewonnen. Holen Sie Ihre Sachen. Sie bekommen das kleine Schlafzimmer.«

Er sah sie verblüfft an und ging dann hinaus in den Flur. Auf was ließ er sich da nur ein? Er trug seine Sachen in die Wohnung, schloß die Tür, drehte den Riegel um, bemerkte ein Bild auf dem Fußboden und ging hin, um es aufzuheben. Es war Tony. *Einer jener Freunde, die einem die Anstrengung ersparen, ihn sich zum*

Feind zu machen. Er wollte es schon auf den Kaminsims stellen, aber dann besann er sich und legte es wieder mit dem Gesicht auf den Boden.

»Wo sind Sie?« fragte er laut.

»Ich sagte, das *kleine* Schlafzimmer«, hörte er Paulas Stimme.

Elliot durchquerte das Wohnzimmer und öffnete eine Tür — zum falschen Zimmer. Das Licht brannte und Lucy saß im Bett und starrte ihn an.

»Oh«, sagte Elliot. »Tut mir leid. Hab' wohl das falsche Zimmer erwischt. Ich bin Elliot.«

»Hallo«, sagte Lucy verwirrt.

»Du mußt Lucy sein.«

»Bin ich.«

»Ich bin Elliot Garfield. Ich ziehe in das andere Zimmer.«

»Ach!«

»Ich bin ein Freund von Tony.«

Lucy sah ihn mit glitzernden Augen an. »Wie nett.«

»Ich bin auch Schauspieler.«

»Na, so was.«

»Deine Mutter weiß schon«, sagte Elliot.

Lucy schien ihn von oben bis unten anzusehen. Offenbar war ihr Eindruck von ihm nicht zu seinen Gunsten ausgefallen. »Verstehe.«

»Also«, sagte Elliot und versuchte, äußerst männlich zu wirken, »ich vermute, wir werden uns ab jetzt öfter sehen.«

Lucy schwieg.

»Bis bald«, sagte Elliot.

»Anzunehmen.«

»Na, dann ... Gute Nacht.« Er schloß die Tür. Von drinnen hörte er ›Lieber Himmel!‹.

Er ging wieder durch das kleine Wohnzimmer und öffnete die andere Tür. Auf dem Bett stapelte sich ein Haufen von Hemden, Blusen, Jeans, Pullis, Socken, Höschen, Spielzeugtieren, Magazinen, Schallplatten.

»Ich hab eben Lucy kennengelernt«, sagte Elliot.

Paula kniete vor einem Schrank. Sie sah auf. »Was haben Sie ihr gesagt?«

»Daß ich in dieses Zimmer ziehe. Sie schien es gelassen aufzunehmen.«

Paula bückte sich und holte Schuhe und zerfetzte Tennisschuhe heraus. »Sie werden hier ja sehr schnell heimisch.« Sie drehte sich um. »Da ist das Badezimmer.« Sie stand auf und ging zum Bett, nahm den Haufen von Sachen in die Arme und wollte zur Tür. Ein Comicheft fiel herunter.

Elliot hob es auf und legte es vorsichtig wieder obenauf.

»Den Rest ihrer Sachen räume ich morgen früh raus«, sagte Paula und ging in die winzige Diele vor dem Badezimmer.

»He«, sagte Elliot.

Sie sah sich um.

»He, hören Sie, würden Sie die Güte haben, wenigstens zeitweilig nicht die Zähne zu fletschen? Das Geräusch macht mich ganz nervös!«

Paula sah ihn wütend an. »Ein triefender Fremdling aus Chicago zieht mit Sack und Pack und schmutzigen Schuhen in das Zimmer meiner Tochter und erwartet, daß man ihn freundlich anlächelt? Das können Sie vergessen!«

Elliot spürte, wie das Wasser in seinen Socken quietschte. Es erinnerte ihn an die Tage in der Schule, als er nebenbei für Mr. Nimkoff, den Drogisten, gearbeitet hatte — als Botenjunge, auch im schlimmsten Wetter. Damals hatten ihn die Leute auch schon von weitem kommen gehört. *Schschschschischwisch.* Seitdem hatte er schlimme Füße. Der einzige Vorteil dieses Jobs war gewesen, daß er ab und zu mal ein paar Medikamente und so klauen hatte können und erfahren hatte, welche Frau in der Nachbarschaft welche Intim-Präparate verwendete.

Er sah Paula an und grinste. »Sie sind eine echte Zeitbombe. Ich höre Sie gern reden. Das Leben mit Ihnen wird grauenhaft. Aber Ihre Konversation ist erstklassig.«

Er erwartete Applaus. Wartete auf das sanfte Niederschlagen der Wimpern, das Frauen so leicht fertigbrachten. Frauen. Selbst wenn sie genau wußten, daß man es nicht die Spur ernst meinte, fraßen sie dir aus der Hand. *Was für ein bezauberndes Kleid Sie heute anhaben. Und der Duft Ihres Parfums macht mich schwach. Ihr Haar ist einmalig.* Frauen! Unglaublich!

»Das ist Ihr Zimmer«, sagte Paula streng.

»Was?«

»Ihr Zimmer«, wiederholte sie. »Ich räum' es nicht auf ... und mach' auch nicht das Bett. Die Benutzung von Küche und Bad steht Ihnen frei, falls ich mich nicht darin aufhalte. Und waschen Sie nachher ab oder putzen Sie das Bad, wenn Sie drin waren.«

Dieses Weib hört sich an wie meine Mutter, als ich acht Jahre war, dachte Elliot.

»Ihre Nahrungsmittel, Ihre Wäsche, Ihre Telefongespräche zahlen Sie. Und zwischen sechs und neun abends erwarte ich Ruhe, weil Lucy dann ihre Schularbeiten macht.«

Elliot riß die Augen auf und nickte — im Gegensatz zu seinen Gefühlen. »Sonst noch was?« fragte er.

»Ja. Sie können von mir aus trinken und rauchen soviel Sie wollen. Solange es nicht Marihuana ist. Und nicht in Gegenwart meiner zehnjährigen Tochter. Ist das klar?«

Elliot fing schon wieder an, sie nicht ausstehen zu können. Diese Frau war kalt wie eine Schlange.

»Sie haben vergessen, mir zu befehlen, ob ich zwischen den Mahlzeiten Bonbons essen darf oder nicht«, sagte er, »oder im Regen in Gummistiefeln spazierenzugehen — schade, daß ich heute abend keine anhatte — oder Ihnen zu zeigen, was ich im Badezimmer mache, nachdem Sie es benutzt haben. Ach ja, und die Antwort auf Ihre Frage ist: Nichts ist klar.«

»Nein?«

»Tut mir leid, aber mir sagt das Arrangement nicht zu.«

»Nicht zu?« Paula fühlte ihren aufgesetzten Mut schwinden.

»Gewiß nicht«, sagte Elliot. *Es wird Zeit, daß man ihr zeigt, wer hier der Boß ist.* »Ich zahle die Miete, und ich bestimme die Richtlinien.«

Paula nickte und bemühte sich, so gelassen zu scheinen wie Elliot. Aber irgendwie gelang es ihr nicht. Das ist der Unterschied zwischen einem Tänzer und einem Schauspieler, dachte sie. Das Wort ›Schauspieler‹ brachte sie wieder zu sich. Er versuchte natürlich, sie zu bluffen, und seine Bühnenausbildung half ihm dabei.

»Ich dusche jeden Morgen«, sagte Elliot laut, »also nehmen Sie Ihre Wäsche vorher von der Leine. Ich kann das nicht leiden.«

Ja, einmal hatte er mit einem Mädchen gelebt, das ständig ihre Höschen im Badezimmer hängen ließ. Zunächst hatte es ihn nicht im geringsten gestört. Irgendwie war es sogar erotisch gewesen, wenn er sie morgens so unschuldig hängen gesehen hatte, und unter der Dusche hatte er Lieder für sie gedichtet. ›Hallo, Gummiband‹, hatte er unter dem heißen Strahl gesungen, der ihn wach gemacht hatte, ›ich liebe dich, auch dich, verstärkten Schritt‹. Aber im Laufe der Zeit war das Mädchen, eine Büglerin in einer Wäscherei, schlecht gelaunt und deprimiert geworden und hatte Unmengen verschlungen. Die Höschen über der Badewanne waren zu Schlüpfern und danach zu Hüfthaltern geworden. Damit hatte die Verbindung geendet.

»Als leidenschaftlicher Hobby-Koch werde ich die Küche benutzen, wann immer ich es wünsche. Und ich bin sehr eigen, was meine Gewürze betrifft. Halten Sie sich bitte an Ihr eigenes Salz und Pfeffer.«

Paula sah ihn erschrocken an.

»Weiter ... ich spiele mitten in der Nacht Gitarre, wenn ich nicht schlafen kann, und ich meditiere jeden Morgen. Meditiere mit Gesang und Abbrennen von Räucherkerzen. Also bitte auf den Zehenspitzen gehen. Und ja ... ich pflege nackt zu schlafen.«

Offenbar überwältigte er sie allmählich. Er konnte in ihrem Gesicht sehen, an ihrem Mund, der sich allmählich öffnete, an den Lidern, die sich über ihre Augen senkten. Wie war das doch mit seiner Meditation? Es war Jahre her, als er eine Phase tiefsten Unglücklichseins durchgemacht, sein ganzes Leben in Frage gestellt hatte, seine Arbeit, alles. Und eines Tages hatte ihn Howie Dennis, ein alter Freund, angerufen. Er hatte ihn zum Essen eingeladen und war sehr überrascht gewesen, als der alte Freund in einer Art Toga vor seiner Tür gestanden hatte.

»Du meine Güte«, hatte er gesagt, »zieht man sich so bei Euch bei IBM an?«

»Ach, da bin ich längst nicht mehr«, sagte Howie. »Ich arbeite am Maharishi-Institut.«

»Wo?«

»In der Schweiz.«

»Schweiz? Was machst du denn in der Schweiz?«

»Ich selbst arbeite nicht in der Schweiz. Sie schicken mich durch die ganze Welt — Saudi-Arabien, Tansania, Neapel, überallhin. Und ich erarbeite Computer-Programme für die Gläubigen. Natürlich schicke ich das Geld, das ich dafür bekomme, an das Institut und behalte gerade soviel, daß ich davon leben kann.«

Elliot bemühte sich damals sehr, sich seinen Freund bei dieser Art von Arbeit vorzustellen.

»Komm rein, ich hab das Essen fertig«, sagte er.

»Ich bin Vegetarier«, entschuldigte sich Howie. »Mach dir nichts draus, ich hab' mein Essen mitgebracht.«

Damit zog er eine Tüte voller Früchte und Nüsse und anderen pflanzengleichen Produkten heraus. Er aß sie langsam, während Elliot sein Roastbeef herunterschlang. Nach dem Essen überredete Howie ihn, es mit Transzendentaler Meditation zu versuchen.

»Ich weiß nicht«, versuchte Elliot ihm klarzumachen, »dieser kleine Mann mit der hohen Stimme, der Inder, der da in der Schweiz arbeitet. Ich meine, die Sache ist ziemlich — dubios ...«

»Ich mache es seit zwei Jahren«, erwiderte Howie, »und es ist wie ein Wunder. Ich bin glücklicher als je in meinem Leben. Ich bin geschieden, frei und — vor allem — ich bin in Frieden mit mir selbst.«

Elliot sagte widerstrebend: »Und ich bin im ständigen Krieg mit mir.«

»Versuch es«, überredete ihn Howie. »Kostet nur hundert Dollar oder so. Und vielleicht geht es bei dir auch? Wir haben eine streng wissenschaftliche Basis, und wenn es nicht funktioniert ... na, dann bist du einer unter Hundert. Aber wenn es ein Erfolg wird, dann ist es eine Million wert.«

»Du hast eine gute Überredungskunst«, sagte Elliot.

»Das liegt daran, daß ich *glaube*. Übrigens kannst du mir bis Donnerstag zehn Dollar leihen?«

Er gab sie ihm und ging in der nächsten Woche zu einem TM-Zentrum, wo er einer Vorlesung lauschte, dem Lehrer vorgestellt wurde und ein *mantra* bekam, über das er meditieren sollte. ›Zwanzig Minuten lang am Morgen, zwanzig Minuten am Abend«, sagte der Lehrer. »Denken Sie an Nichts. Ihr Unterbewußtsein muß wie Strömungen in einem Fluß heraufkommen.«

Elliot versuchte es ein paar Wochen lang, dann meldete er sich wieder. »Ich habe keine Strömungen.«

Aber er blieb dabei. Zuerst schlief er immer darüber ein, aber nach und nach bemerkte er, wie diese ›Meditationen‹ ihn anregten, ihn entspannten. Irgend etwas war dran — selbst wenn es nur das ›Daranglauben‹ war. Seitdem übte er es immer wieder.

Ein Jahr danach traf er Howie zufällig wieder. »Was macht Maharishi?« fragte Elliot.

»Maharishi?«

»Na, du weißt schon — TM, Schweiz?«

»Ach, das! Das mach' ich nicht mehr. Ich glaube, das war echter Schwindel. Ich bin jetzt bei Hazeltine-Corporation.«

»Du schuldest mir noch zehn Dollar«, erinnerte ihn Elliot.

Und damit waren seine Gedanken wieder in der Gegenwart.

»Ich schlafe auch nackt«, teilte er Paula noch einmal mit.

Ihre Augen waren wieder klar.

»Bei offenem Fenster. Im Winter und im Sommer, bei Regen und Schnee, die Fenster bleiben immer offen. Und weil es mich manchmal mitten in der Nacht aufs Töpfchen oder an den Eisschrank treibt ... und ich dazu keine Pyjamahosen anlegen will, die ich sowieso nicht besitze ...«

Ihr Mund stand offen. Sie war sein!

»... sollten Sie, wenn Sie Ihre Tochter herkömmlich erziehen möchten, die Tür geschlossen halten. Das sind *meine* Richtlinien für ein Zusammenleben. Einverstanden?«

Sie nickte unentwegt.

»Und wenn ich nein sage?« fragte Paula und sah ihm in die Augen.

Sie hat hübsche große Augen, dachte Elliot. Jetzt mochte er sie wieder — ein wenig.

»Der mir bekannte Anwalt ...«

»Ich nehme an«, sagte sie.

»He«, sagte Elliot. »Dann will ich mal gleich einziehen.«

»Hören Sie«, sagte Paula, »es gefällt mir alles nicht, und Sie gefallen mir schon ganz und gar nicht.«

»Weshalb nicht? Weil ich Schauspieler bin?«

»Deshalb, und weil Sie die Persönlichkeit eines Walrosses haben. Das letztere vor allem.«

»Vielleicht hat uns das Schicksal deswegen zusammengewürfelt«, sagte Elliot. Er war zu müde, um sich um Schlagfertigkeit zu bemühen. »Eine von Gottes kleinen Prüfungen. Und wenn Sie endlich Ihren wohlgeformten kleinen Hintern aus meinem Zimmer bewegen würde, könnte ich endlich auspacken und meinen Bart trocknen.«

Paula hob eine Hand, um die Tür zu öffnen.

Elliot grinste breit. »Mrs. McFadden.«

Sie blieb stehen.

»Sie haben vergessen, mir gute Nacht zu wünschen.«

»Mir lag ›Leben Sie wohl‹ auf der Zunge«, sagte Paula und schmiß die Tür hinter sich zu.

Im Schlafzimmer warf Paula den Haufen von Allerlei auf einen Stuhl und zog noch einmal den Bademantel aus.

»Du hast doch hoffentlich meine Jim-Backus-Platte?« fragte Lucy aufgeregt. »Ich hoffe, du hast meine Jim-Backus-Platte.«

»Was?«

»Hast du sie?«

»Lucy, ich habe alles mitgenommen.«

»Ja, mag sein, aber ich kann sie nicht sehen.«

»Lucy, wenn sie da war, dann hab' ich sie hier. Laß mich endlich in Ruhe.«

Lucy erforschte ihr Gesicht. »Wie lange darf er bleiben?«

»Wie lange dürfen wir bleiben«, sagte Paula müde und kletterte ins Bett. »Mußt du aufs Klo? Dann geh!«

»Aber ich muß doch gar nicht.«

»Dann mußt du's dir bis morgen verkneifen. Da draußen ist es nicht mehr geheuer.« Sie drehte Lucy den Rücken zu.

»Keinen Kuß?« fragte Lucy.

»Ich koche vor Wut«, sagte Paula. »Und ich will mich an dieser Wut wärmen, weil ich nicht erfrieren will. Wir brauchen meinen Zorn noch ...«

Sie zog sich die Decke über den Kopf. Nach einer Minute zog

sie sie wieder herunter. »Na, wenn du nicht mußt, ich muß!« Sie stand auf, zog den Bademantel über, öffnete die Tür und ging auf Zehenspitzen hinaus. Im Badezimmer wurden ihr zum erstenmal die Geräusche des fließenden Wassers bewußt. Ob er es auch hörte? Der Feind, der perverse? Wahrscheinlich lauschte er direkt hinter der Tür. Ja, klar, sie lebte mit einem Irren zusammen. Auf Zehenspitzen ging sie wieder über den Flur ins Schlafzimmer. Im Bett beugte sie sich zu Lucy und küßte sie auf die Wange.

»Gute Nacht, Baby.«

»Gute Nacht«, murmelte Lucy.

Paula fühlte sich ein bißchen besser. Sie sah jetzt alles von einer anderen Warte an und versuchte einzuschlafen. Aber die Gedanken waren stärker: *Versuch nur zu schlafen. Dein Leben ist in die Brüche gegangen. Und du willst schlafen.* Na gut, ich schlafe nicht, dachte sie als Antwort. Jetzt zahle ich für meine Sünden — das war die einzige Erklärung. Als sie jung gewesen war — wie wild hatte sie es getrieben. Schule geschwänzt, mit Jungs Eis gegessen und ihrer Mutter nie gefolgt! Jetzt hatte sie es! Ursache und Wirkung. Ein natürliches Gesetz des Universums. Arme Paula. Alles war so einfach. Sie war, wer sie war. Und das war das! Schularbeiten hatten sie nie interessiert. Mit dreizehn hatte sie entdeckt, wie interessant Jungen mit sechzehn waren. Mit vierzehn hatte sie zwei Päckchen am Tag geraucht. Mit sechzehn hatte sie ihre Unschuld an einem Sonntagnachmittag an einen dicklichen Jungen namens Lenny verloren.

»Ich liebe dich, Paula«, hatte er damals in dem kleinen rotgemalten Zimmer des Gemeindehauses gesagt. »Du machst mich verrückt, weißt du das?«

»Ich weiß. Aber, Lenny ...«

»Ich muß dich haben, Paula.«

»Len, hör zu, ich möchte es ja auch, aber ...«

Und schon war er über ihr und griff nach irgend etwas unter ihren Höschen.

»Wenn du mich nicht läßt, muß ich dich umbringen.«

»Mich umbringen? Aber du hast doch eben gesagt, du liebst mich?«

»Tu ich, tu ich. Du weißt doch, daß ich verrückt nach dir bin, Paula — aber du ziehst das Ding besser aus!«

Sie spürte seine dicken Hände an ihrem Höschen zerren.

»Lenny!«

Er drückte ihr Gesicht zur Seite, und sie meinte zu ersticken.

»Okay«, sagte sie tonlos.

Er ließ sie los, und sie schnappte nach Luft.

»Okay«, sagte sie wieder.

»Aber sei vorsichtig, ja?«

»Ich liebe dich, Paula«, sagte Lenny, als er in sie eindrang.

Der Schmerz war wenigstens minimal gewesen — leider auch das Vergnügen. Aber irgend etwas war da, ein gewisses Gefühl, das sie noch nicht kannte, und von dem sie ahnte, daß es mit dem richtigen Jungen sehr stark sein müßte ...

Sie hatte viele Freunde. Viele. Sie flogen ihr zu, wenn Sie nur mit den Wimpern klapperte. Eines Tages überredete sie ihre Mutter, ihr zu erlauben, Tänzerin zu werden.

»Ma, ich kann nicht aufs College gehen. Ich bin nicht fürs College geeignet. Das siehst du doch ein. Ich bin kein College-Material.«

»Was soll das heißen, College-Material? Was ist das? So was wie Wolle, Nylon? Oder?«

»Es heißt: Ich habe nicht das Gehirn, um zu studieren, Ma. Ich kann auch nicht in einem Büro arbeiten. Aber eins kann ich bestimmt, und das will ich auch: tanzen.«

»Das ist keine Karriere.«

»Und ob.«

»Wer hat dir das in den Kopf gesetzt? Die Kerle, mit denen du rumziehst?«

»Das sind doch keine Kerle, Ma. Es tut mir leid, daß ich nicht die Tochter bin, die Du dir eingebildet hast. Aber was kann ich dagegen tun? Ich bin weder zur Ärztin geeignet, noch zur Anwältin oder zur Geschäftsfrau. Ich bin's einfach nicht.«

»Dann werd' doch Nonne.«

»Ma ...«

»Warum? Was ist denn so schlimm an einer Nonne? Auf jeden Fall bist du für den Rest deines Lebens versorgt. Und ich sag' dir noch was: dein Vater wird dich viel höher einschätzen, wenn du Nonne werden willst.«

»Dazu müßte ich das Zeug für eine Heilige haben«, sagte Paula. »Eine Nonne ist so was ähnliches.«

Ihre Mutter sah sie nachdenklich an, und plötzlich lagen sie sich in den Armen. »Mein armes Baby«, sagte ihre Mutter, und ihr Gesicht war tränenüberströmt. »Du kannst ja nichts dafür, daß du so bist. Es ist nicht dein Fehler.«

»Niemand ist daran schuld, Ma. Niemand!«

Schließlich gelang es ihrer Mutter, Vater zu überreden, das Geld für die Tanzschule herauszurücken, und damit änderte sich Paulas Leben. Sie hörte auf zu rauchen, trank nicht, und die Übungen zeitigten Wunder an ihrem Körper. Sie wurde schlank und fest, *knackig*, und sogar ihr Hunger nach Sex war nicht mehr so groß. Schon nach dem ersten Vortanzen bekam sie eine Rolle in einer Neuaufführung von *Top Banana*. Und dann tanzte sie im Fernsehen. Nicht viel, aber immerhin. Sie ging mit den unterschiedlichsten Typen aus: anderen Tänzern, Produzenten. Und dann kam die Rolle in einer neuen Show, die zum Hit wurde, *Lil Abner* am Broadway. Und ein kleiner Schauspieler namens Bobby Kulick.

Musik.

Paula setzte sich schon wieder auf. Träumte sie. Hatte sie überhaupt geschlafen? Nein, sie träumte nicht. Leise Musik, Gitarre.

»Verdammt!« sagte Paula laut.

Lucy wachte auf.

»Hat die Gitarre dich geweckt?« fragte Paula.

»Nein, du.«

»Tut mir leid.«

»Spielt er die ganze Nacht lang?«

Mit verkniffenem Gesicht stieg Paula aus dem Bett. »Leg das Kissen über deine Ohren.«

»Ich zerschmelze bestimmt.«

Paula zog den Bademantel an. »Besser als diese Gitarre.«

Sie stürmte aus dem Zimmer.

Elliots Zimmer war dunkel bis auf das Licht der kleinen Nachttischlampe. Elliot spielte *El Paso*. Die Finger seiner rechten Hand zupften schnell die Saiten, und die der linken schlugen den

Rhythmus auf dem Holz. Sein vergrößerter Schatten zuckte an der Wand.

Ein wildes Klopfen störte den Rhythmus.

Elliot spielte weiter, aber das Klopfen wurde lauter und schneller. Nicht im richtigen Takt, dachte Elliot und hörte auf zu spielen.

»Wer ist da?« rief er mit singender Stimme.

»Sehr ulkig«, sagte Paula. »Kann ich reinkommen?«

»Die Tür ist nicht abgeschlossen«, trällerte Elliot.

»Sie sind in Ordnung?«

»Bin ich.«

Paula riß zornbebend die Tür auf. »Ist Ihnen klar, daß es drei Uhr früh ist, und meine Tochter muß um sieben aufstehen ... du liebe Güte, Sie sind ja nackt.« Sofort wirbelte sie herum. »Ich hab' was gesehen«, sagte sie zu sich selbst, »aber ich weiß nicht, was.« Und dann lauter: »Ich dachte, Sie sagten ›in Ordnung‹.«

Elliot lächelte.

»Aber Sie sind nackt.«

»Ich bin in Ordnung und nackt.«

»Hören Sie zu«, sagte Paula immer noch mit dem Rücken zu ihm. »Ich habe eine heranwachsende Tochter, die mit zwei Stunden Schlaf allerdings *nicht* heranwachsen wird.«

Sie war von dem Gedanken an Elliots nackten Körper verwirrt. Sicher, die Gitarre hatte einiges verdeckt, aber was sie mit einem Blick gesehen hatte, das war nicht schlecht. »Müssen Sie um diese Zeit spielen?« fuhr sie fort.

Elliot starrte ihren Hintern an. Oder besser die Ausbuchtung ihres Bademantels, wo er sein mußte. Er fand es sehr komisch, mit dem Po anderer Leute zu sprechen.

»Ich hab' Ihnen doch gesagt, daß ich danach besser schlafe.« *Es gibt nur eine Kleinigkeit, die besser ist als ein guter Arsch.*

»Haben Sie mal Tabletten versucht?« sagte Paula eisig.

»Ich weiß nicht, wie man Tabletten spielt.«

»Das ist gar nicht schwer. Sie stecken sie in den Mund und schlucken.«

»Mrs. McFadden, ich bin sehr naturverbunden und stecke nie unnatürliche Dinge in meinen Körper. Die Natur gab dem Schlaf die Musik zur Schwester. Hören Sie ihr zu, kämpfen Sie nicht gegen sie an, und wir schlafen in fünf Minuten tief und fest.« Er summte leise zu seinem Spiel. »Wenn es Sie wirklich stört, dann nehmen *Sie* Schlaftabletten und stecken Sie eine in jedes Ohr ... la-la-la, di-da-di-dummmm dum ...«

Paula stürzte aus dem Zimmer und schlug die Tür krachend zu.

Sie hörte die Gitarre noch in ihrem Schlafzimmer. Sie zog den Bademantel aus und warf sich ins Bett.

»Er will nicht aufhören. Aber *ich* kann auch einen Anwalt auftreiben.« Sie sah zu Lucy hinüber. »Durchatmen! Ganz tief! Und bis hundert zählen. Es tut mir so leid, daß ich dich in das gräßliche Durcheinander mit hineinziehe, Lucy.«

Sie stützte sich auf den Ellbogen und reckte sich, um Lucy besser sehen zu können. »Lucy?«

Lucy schlief tief und fest und schnarchte.

Paula zog sich die Decke über den Kopf und lag still auf dem Rücken. Warum muß mir immer wieder so etwas passieren, ausgerechnet mir, dachte sie. Vielleicht hätte ich doch Nonne werden sollen? Ich wäre versorgt ... Sie rollte sich auf die Seite. Verfluchte Gitarre, ich werde sie morgen zertrampeln. Ja, das tu ich! Bestimmt, wenn er morgen weggeht, mache ich die Gitarre kaputt, zerschneide die Saiten und ... hat keinen Sinn. Er kauft sich neue Saiten. Ich muß sie wirklich zertrampeln, zerschlagen, oder ... ich kann mir von Mr. Horvath eine Säge borgen. Paula drehte sich auf den Bauch und barg das Gesicht im Kissen. Wenn ich Nonne geworden wäre, hätte ich Lucy nie bekommen. Und außerdem ...

Das war ein falscher Ton. Und noch einer, und leiser, ein dritter. Paula wartete. Ob er weiterspielte? Sie hob den Kopf. Stille. Sie strengte sich an, um etwas zu hören. Kein Laut.

»Om mommmanomma, om mommanomma, om ...«

Paula war hellwach. Sie hatte keine Sekunde geschlafen, bestimmt nicht. Was, zum Teufel, war das — oh Himmel! Ein Singsang erklang aus seinem Zimmer. Dem Zimmer mit dem Irren drin.

»Om mommanomma, Om mommamomma, Om mommanomma, Om ...«

»Was ist das denn?« fragte Lucy neben ihr.

»Klingt wie Gott«, sagte Paula gähnend. Sie sah auf die Uhr. Fünf vor sechs.

»Junge, Junge«, sagte Lucy, »Gott steht aber früh auf!«

»Om mommanomma, Om mommanomma, Om . . .«

Lucy schnüffelte. »Ich rieche angebrannte Erdbeeren.«

Paula stand auf und zog sich den Bademantel an. »Das sind Räucherstäbchen! Oder besser Gemütsqualm.«

»Was ist Gemütsqualm?«

»Damit glauben manche Gemüter, klarer zu denken.«

Paula schritt durchs Schlafzimmer und die kleine Diele zum Schlafzimmer von Elliot. Vorsichtig schaute sie hinein. Er war nicht in dem Teil des Zimmers, wo das Bett stand. Sie ging in den Wohnbereich.

Mitten im Zimmer saß Elliot in der Lotusstellung — oder *padmasana*-Stellung — auf dem Fußboden. Vor ihm stand eine kleine Vase mit einer Rose, und ein paar Räucherstäbchen glommen. Er trug einen Trainingsanzug und einen Gebetsschal um die Schultern. Seine Augen waren geschlossen. Während sie ihn betrachtete, legte er die Hände hinter seinem Rücken zusammen, die Finger nach oben, und beugte langsam den Kopf, bis die Stirn den Fußboden berührte.

»Om mommanomma, Om mommanomma, Om . . .«

Die Transzendentale Meditation hatte sein Interesse an allem Orientalischen geweckt. Er las Bücher über Hatha Yoga und fand die Stellungen anregend und entspannend zugleich. Manchmal, wenn er bei Proben nichts zu tun hatte, nahm er eine *arda matze-yendrasana*-Stellung ein, und die Zeit schien im Nu zu verfliegen. Er fing an, Zen zu studieren, aber sein Interesse ließ nach, als ihm klar wurde, daß er die Bedeutung der *koans* nicht erkannte. *Ich könnte Euch die Bedeutung sagen*, schrieb der Autor, *aber dann wäre dein Verstehen nicht Zen, und du wärest nicht in Wahrheit erleuchtet.* Elliot jedenfalls wurde nie erleuchtet; aber gewisse Rituale machten ihm immer noch Vergnügen.

»Wissen Sie«, fragte Paula, »daß es fünf Minuten vor sechs ist?«

»Om mommanomma, Om . . .«

»Morgens. Gibt es keine Kirchen, wo Sie das tun können?«

Elliot bat sie mit einer Handbewegung zu schweigen. Er war fast fertig.

»Om mommanomma, Om mommanomma, Om . . . .«

Er berührte abschließend noch einmal mit der Stirn den Boden, dann öffnete er die Augen.«

»Sie sind fertig?« fragte Paula. »War das das Finale?«

»Ich bin in einem glückhaften Zustand«, sagte Elliot, »reißen Sie mich nicht raus, oder ich bringe Sie um.«

Paula stützte die Hände in die Hüften. »Gehört dies zu Ihrem normalen Programm? Gitarre in der Nacht und Singsang am Morgen? Ich habe in Musicals getanzt, die nicht so viel Musik hatten.«

Sorgfältig legte Elliot seinen Gebetsschal zusammen. »Mrs. McFadden . . . ich fange heute morgen an, meine erste New Yorker Rolle zu probieren. Das ist wahrscheinlich der wichtigste Tag in meinem Leben. Meine ganze Karriere kann davon abhängen. Und bin ich nervös, Mrs. McFadden?«

Verrückte werden nicht nervös, dachte Paula.

»Nein«, fuhr Elliot fort. »Ich bin nicht nervös. Weil ich meditiert habe . . . ich bin entspannt . . . ich bin ruhig . . . und selbstbewußt. Sie hingegen haben nicht meditiert. Darum sind Sie eine Nervensäge.«

Er eilte in die Küche.

Ich werde Gift in sein Essen tun, dachte Paula und lief hinterher.

Aber sobald sie am Tisch stand, war ihr klar, daß der Plan nicht durchführbar war. Elliot hatte seine Tasche geöffnet und holte ein großes Sortiment von Flaschen, Tiegeln und Tüten heraus. Er nahm sich eine kleine Schüssel aus dem Küchenschrank.

»Mr. Garfield! Wie das Schicksal es will, ist für mich der heutige Tag ebenfalls von großer Bedeutung . . . Ich muß heute früh für ein neues Musical vortanzen.«

Elliot übersah sie. Er leerte den Inhalt von drei Tüten, vier Tiegeln und einer Flasche in die Schüssel.

»Daß ich nur siebzehn Minuten Schlaf finden konnte, verdanke ich Ihnen«, sagte Paula, »und mit den Säcken unter meinen

Augen habe ich, falls es sich nicht um ein Musical in einem Altersheim handelt, nicht die geringste Chance. Hören Sie mir überhaupt zu? Was mischen Sie da für einen Matsch in meiner Schüssel?«

Elliot rührte den Matsch mit einem Suppenlöffel um. »Weizenkeime, Soja, Lecithin, Naturhonig ... alles organisch. Mein Körper ist ein Tempel, Mrs. McFadden, und ich bete ihn an.«

»Meiner ist ein Abfallhaufen, und ich versuche ihn zu erhalten.«

»Diesem Essen«, sagte Elliot heiter, »verdanke ich meine Energie, meine Vitalität und meine wunderbare Allgemeinverfassung. Ich bin in meinem dreiundsechzigsten Lebensjahr, Mrs. McFadden, und sieht man mir das an?«

Paula zog eine Grimasse.

»Kann ich Ihnen auch etwas mischen?« fragte Elliot höflich.

Paula starrte ihn erbost an. »Das kann nie gutgehen, wissen Sie. Ich will nicht sagen, daß ich Sie gut genug kenne, um eine starke Abneigung gegen Sie zu haben; aber Sie sind für ein Zusammenleben nicht geschaffen.«

Elliot fing an zu essen. Um Paula zu beweisen, wie gut es ihm schmeckte, kaute er mit besonderem Genuß, öffnete den Mund besonders weit, ließ den Löffel besonders lang drin und knirschte vor Wonne mit den Zähnen.

»Hören Sie«, flehte Paula. »Warum suchen Sie nicht etwas anderes? Sobald ich einen Job habe, zahle ich Ihnen die sechshundert Dollar zurück.

»Sie übersehen etwas«, sagte Elliot mit vollem Mund. »Sie leben in *meiner* Wohnung. Und ich, Elliot Garfield, gewähre Ihnen Asyl. Sie sollten das hier wirklich mal versuchen, auch Kleie ist drin. Die Wurzel Ihres Übels scheint in Ihrem unregelmäßigen Leben zu liegen.«

Er lächelte freundlich. Zwischen seinen Zähnen steckten Sesamsamen.

5

Paula rannte die Treppe hinunter. Sie war wütend, weil sie zu spät kommen würde, und sie kam zu spät, weil sie wütend war. Als sie im dritten Stock war, erschien Mr. Horvath in seiner Tür. Er trug einen blauen Overall ohne Hemd.

»He! Mrs. Paula. Wie geht's Ihnen?«

»Oh, sehr gut, Mr. Horvath. Tadellos. Könnte mir gar nicht besser gehen.«

»So, so. Ich wollte Ihnen erzählen, daß ich ...«

»Mr. Horvath, ich bin in großer Eile, tut mir leid, kann ich später vorbeikommen?«

Horvath kam näher. Er war ein riesiger Mann, trug eine randlose Brille und stellte gern seine fleischigen Arme zur Schau, weil sie voller Narben von Maschinengewehrkugeln waren.

»Macht nichts, laufen Sie. Gestern nacht hab' ich nicht geschlafen. Wissen Sie, warum nicht?«

Paula riß die Augen auf und schüttelte den Kopf.

»Ich hörte immerzu Radio spielen, wissen Sie, wer das war?«

»Hmmm ...«

»Sie. Sie haben Gitarre gespielt, ja? Wissen Sie es jetzt?«

»Das war zufällig, Mr. Horvath. Ich habe einen Radio-Wecker. Er ging mitten in der Nacht los, ich weiß auch nicht, wieso. Es tut mir wirklich sehr leid.«

»Und er ging noch einmal heute früh los.«

»Ja. Ich lasse ihn reparieren.«

»Sehr gut«, sagte Horvath mit einem bösen Lachen. »Sie sagen dem Radio, wenn es noch mal zufällig losgeht, kommt der junge Horvath rauf und repariert es. Ha-ha! Sie verstehen?«

»Ich verstehe, Mr. Horvath«, sagte Paula und lief weiter. »Vielen Dank ...«

Paula und Donna standen mitten im Gedränge. Lauter Tänzer. Paula schätzte mindestens dreißig, die sich vorm Bühneneingang in der Shubert Alley eingefunden hatten und auf ihre Chance hofften.

»Himmel!« sagte Donna. »Jedes Kind von New York mit zehn Zehen scheint hier zu sein.

»Sie sind alle so jung«, sagte Paula und sah sich bestürzt um. »Sind sie nicht viel zu jung, um auf der Bühne zu stehen?«

»Paß auf«, meinte Donna beruhigend. »Wir haben etwas, das diese Gören nicht kaufen können.«

»Ich habe das Gefühl, ich hätte es verloren — was immer es sein mag.«

»Erfahrung«, erklärte Donna. »Wir haben Erfahrung.«

Eine halbe Stunde später waren sie im Theater, und fünfzehn Minuten danach warteten sie hinter der Bühne. Ihre Mäntel, Hosen und Blusen hingen an Haken in der großen Gemeinschaftsgarderobe. Paula im Trikot machte ein paar Lockerungsübungen. Donna tippte ihr auf die Schulter: »Paula?«

Sie keuchte: »Was?« Als sie sah, wer es war, sagte sie: »Mein Gott, hast du mich erschreckt. Ich dachte schon, ich bin dran.«

»Wie fühlst du dich?« fragte Donna und machte ein paar anmutige Kniebeugen.

»Alt«, sagte Paula. »Ein Fuß und ein paar Zehen im Grab. Vorhin hab' ich ein Mädchen gesehen, das in Lucys Schule geht.«

Donna schüttelte den Kopf und zog Paula nach vorn, damit sie den Kollegen auf der Bühne zusehen konnte. Drei männliche Tänzer in Jeans und drei Mädchen in Trikots arbeiteten sich durch eine Routineübung. Ein Choreograph schrie gelegentlich Instruktionen, sein Assistent malte geheimnisvolle Zeichen auf den Fußboden. Die Jungen waren nicht viel älter als zwanzig, und die Mädchen offenbar noch Teenager. Paulas Blick wanderte zu den engen ausgebeulten Hosen der Männer. Sie hatte schon mindestens eine Millionen Tänzer gesehen und fragte sich immer wieder, ob sie die einzige war, die diese schmuddelige sex-betonte Fantasie hatte. Ob andere Menschen Tänzer in ihren hautengen Hosen nur als Söhne von Terpsichore betrachteten? Nein, dachte sie. Es gibt bestimmt noch einige mit demselben miesen Charakterzug wie ich. Sie wurde aufgerufen und schrak zusammen. Der Assistent leierte eine Liste von Namen herunter.

»... DeLurie, Jamie Fletcher, Paul Kaiser, Cynthia Robbins, Donna Douglas und Paula McFadden, alle auf die Bühne, bitte.«

»Denk an was Schönes«, sagte Donna.

»Vielleicht an meine Beine?« grinste Paula bitter.

»Gut«, sagte der Assistent, »in zwei Reihen, bitte. Mädchen nach vorn.«

Paula, Donna und eine kleine Blondine traten vor. Plötzlich hörte Paula eine Stimme aus dem dunklen Zuschauerraum.

»Paula?«

Sie blinzelte ins Dunkel und entdeckte endlich ein paar Menschen in der dritten Reihe.

»Paula«, erklang die Stimme noch einmal. »Bist du das?«

»Ja«, sagte Paula.

»Ronnie Burns.«

»Hallo, Ronnie«, sagte Paula. Ein gutes Zeichen, dachte sie. Dann besann sie sich — vielleicht auch nicht. Vor Jahren hatte sie mit Burns auf einer Tournee in *Applaus* und danach in einer Fernsehshow gearbeitet. Er war voller Leben, fröhlich, nicht allzu begabt, und einmal hatte er mit ihr ausgehen wollen. Sie hatte abgelehnt.

»Ich dachte, du hast das alles hier aufgegeben?« rief Burns hinauf.

»Hab' ich«, erwiderte Paula. »Ich hab leider nur den Falschen erwischt, für den ich es aufgegeben habe.« Sie konnte seinen Gesichtsausdruck nicht erkennen.

»Bist du noch in Form?« fragte er.

Was, zum Teufel, soll das, dachte Paula. Eine öffentliche Beichte? »Fantastisch«, sagte sie.

Burns lehnte sich in seinen Sitz zurück. »Willst du's mir zeigen?«

»Kann ich nicht lieber den schriftlichen Test machen?«

Sie meinte ihn kichern zu hören.

Dann sagte Burns: »Okay, Eddie.«

Eddie hob die Hände. »Nur ein paar Grundschritte, Kinder, also: Achtung.«

Er machte ihnen ein paar Schritte vor, dann winkte er ihnen, sie nachzutanzen. Außer Paula und Donna schienen alle sie sofort begriffen zu haben. Als das Tempo schneller wurde, kam Paula mit den anderen nicht mehr mit. Ihr Gehirn sandte ihren Beinen offenbar pausenlos den Befehl ›Langsamer!‹ zu. Je schneller die Musik wurde, um so deutlicher wurden Paulas Fehler. Sie atmete heftig, als die Musik aufhörte — nein, eigentlich keuchte sie sogar. Auf jeden Fall war sie erschöpft.

»Innerhalb von dreißig Sekunden alterte ich von dreiunddreißig zu neinundsiebzig«, brachte sie eben noch heraus, als irgend jemand an ihr vorbeiging.

Sie sah sich die anderen an. Außer Donna, die sich auf den Fußboden gelegt hatte, schienen sie alle von einem gemütlichen Spaziergang heimgekommen zu sein. *Verdammte Gören! Warum seid Ihr nicht in der Schule?* Zwei von ihnen übten *Pas de Deux*, zwei andere lachten und unterhielten sich. Wir brauchen unbedingt eine Gewerkschaft, dachte Paula. Die Gewerkschaft der verkalkten, der alternden Tänzerinnen von Amerika. Kein Zutritt unter Dreißig. Wir ersuchen um Schutz vor der verfluchten Jugend.

Eddie stand hinter dem Souffleurkasten und unterhielt sich mit Burns. Jetzt sah er auf und prüfte seine Liste. »Robert DeLurie und Cynthia Robbins, würden Sie bitte warten. Allen anderen danke ich, daß Sie gekommen sind.«

Paula stand auf um zu gehen, als sie Burns Stimme hörte: »Ein bißchen verrostet, Paula, aber nicht schlecht. Mein Problem ist leider, ich brauche nur junge. Sehr junge.«

»Junge?« fragte Paula spöttisch. »In Ordnung, ich werde mein Bestes tun.«

Sie dachte: Und auch heute würde ich nicht mit dir ausgehen, du Mistkerl. Sie verließ die Bühne.

Elliot saß zwischen den anderen Schauspielern im Halbkreis um einen Tisch. Gegenüber saß Mark Bodine, der Regisseur.

Sie hockten im Souterrain einer Kirche in der 2nd Street, und wenn dieser Raum inzwischen auch ›Theater‹ hieß, blieb er doch ein Keller. Der Keller einer Kirche-aller-Länder der 2nd Street. Vor drei Jahren hatte ein Schauspieler Elliot erklärt, daß hier ein Swimming-pool sei, wo man für fünfzig Cents einen Schrank und einen Badeanzug aus dem Jahre 1906 mit einem Schulterträger leihen und so lange in dem eiskalten gechlorten Wasser schwimmen könne, bis selbst braune Augen blau würden. Und jetzt probte man hier *Richard III.* Vielleicht ist das besser, als ausgebleicht zu werden, überlegte Elliot.

Die Schauspieler hielten den Text in der Hand und starrten Mark Bodine an, ab und zu machten sie eine Geste, die sie zweifellos bedeutend fanden.

Bodine war Mitte dreißig, ungepflegt und nachlässig angezogen. Dazu trug er sein Haar im Afro-Stil gelockt und schwarz gefärbt. Er sprach mit weinerlicher Stimme und fuhr sich hin und wieder durch sein Lockenhaupt.

»Alsdann, was war denn mit Richard? Die Frage stellt sich, vielleicht erscheint sie Ihnen überflüssig. Trotzdem: War Richard tatsächlich mißgestaltet? Wir wissen, daß der geschichtliche Richard mit einer schweren Rückgratverkrümmung geboren wurde und dadurch den Eindruck eines Buckligen machte. Seine linke Hand war von Arthritis gelähmt, der rechte Fuß verkrüppelt. Olivier wählte in seiner Darstellung die rechte Hand und den linken Fuß. Gott weiß, warum. Hinzu kamen Nervenzucken von Augenlid und rechter Wange ...«

Das kann doch alles nicht wahr sein, dachte Elliot. Hier sitzen wir und versuchen *Richard III.* zu interpretieren — nun gut, nicht haargenau, aber so wie Shakespeare ihn vorschreibt — und dieser Bursche da verwandelt ihn in einen mittelalterlichen Vampir oder so was. Ist er Psychiater oder Regisseur? Es wird nicht lange dauern, und wir erfahren, daß *Richard III.* an Röteln, Blutarmut und Hernia litt, als er sechs Jahre jung war und dann können wir Shakespeare endgültig vergessen.

Bodine dröhnte weiter: »All dies erweckte das Interesse unserer klugen und reichen Mrs. Estelle Morganweiss, die uns diese Produktion ermöglichte. Aber wollen wir Richard SO spielen? ...?«

»Ich will ihn SO spielen«, flüsterte Elliot einem kleinen stubsnasigen Schauspieler namens O'Boyle zu, der neben ihm saß.

»Wenn Ihr das wollt«, sagte Bodine und machte eine weitausholende Geste mit der rechten Hand, »rackere ich mich als euer Regisseur lieber sechs Wochen lang für eine *Sonny-und-Cher-*

Show ab. Richard der Dritte war ein heißblütiger Homosexuel-
ler!«

Elliot verbarg sein Stöhnen hinter der Hand.

»Und auch Shakespeare«, fügte Bodine bedeutungsvoll hinzu.
»Aber die zornige Menge im Globe Theatre hatte keine Lust, zwei
Shilling zu zahlen, um ein paar Schwule auf der Bühne herum-
springen zu sehen. Nein, Kinder, es war die Gesellschaft, die
Richard verkrüppeln ließ — nicht seine Geburt, o nein. Ich meine
damit: lest Euren Text. Sie schickte die beiden netten Burschen in
den Tower, und kein Mensch hat sie je wiedergesehen. Wir
wissen warum, oder?«

Elliot wurde übel. Warum mußten irgendwelche Leute immerzu
die Tatsachen verändern? Spielen wir doch das verdammte Stück,
wie es geschrieben wurde. Shakespeare hat schließlich gewußt,
was er wollte. Er brauchte keinen Bodine, um ihm zu helfen.

»Ihr seht, was ich tun will: Richard abschminken, ihn nackt
zeigen — metaphorisch.«

»Lieber Gott, nur das nicht«, flüsterte Elliot, diesmal zu sich
selbst.

»Ich sage: weg mit dem Buckel«, fuhr Bodine unbeirrt fort.
»Weg mit den verkrüppelten Gliedmaßen. Wir wollen ihn zeigen,
wie er heute wäre. Die Königin, die König werden will!«

Schauspieler und Schauspielerinnen warfen sich Blicke zu, mur-
melten lautlos vor sich hin. Elliots Hand schoß hoch.

»Ja«, sagte Bodine.

»Frage: Meinen Sie das ernst?«

»Was haben Sie für Einwände, Elliot?«

»Nun, Nummer Eins: *Ich* soll ihn spielen. Nummer Zwei: Ich
finde sowohl Buckel wie Klumpfuß wichtig. Nummer Drei: Ich
arbeite seit über drei Monaten an der Rolle.«

»Oh!« sagte der Regisseur und hob eine Braue. »Nun, das
respektiere ich durchaus. Darum sind wir ja hier. Wir wollen
unsere Ideen austauschen.«

Er spielt uns jetzt vor, wie verständnisvoll er ist, dachte Elliot.

»Sagen Sie mir«, fragte Bodine freundlich. »Wie sehen denn Sie
Richard? Als modernen Tarzan, Mr. Macho? So etwa?«

»Ich halte ihn nicht für einen Mittelstürmer der Chicago

Bears‹«, sagte Elliot, »aber wir wollen doch den Hauptantrieb seines Handelns nicht einfach beiseite schieben.«

»Und welcher ist das?«

»Er wollte eine Frau bespringen, Lady Anne nämlich.«

Ein paar Kollegen kicherten, und Bodine grinste unverschämt.

»Hab' ich das nicht schon mal gehört? Hören Sie, ich will Sie gewiß nicht zu irgend etwas zwingen. Aber wollen wir nicht mal meine Version probieren? Warum lesen wir nicht mal den ersten Akt? Bitte! Haben Sie Vertrauen in mich!«

Elliot mußte tief durchatmen. Dann sah er sich um. Sein Blick traf die Augen der Schauspielerin, die Lady Anne spielen sollte.

»Na, gut«, seufzte er. »Wieviel Meter Abstand vom Sprungbrett, bitte?«

»Na, na«, sagte Bodine und warf sich in die Brust, »spielen Sie jetzt nicht Bette Midler. Also los, ehe wir kahl werden.«

»Kahl«, nickte Elliot zustimmend.

Sie öffneten ihre Textbücher. Der Inspizient, ein dunkelhäutiger Mann namens Ralph, sagte in strengem Ton: »Erster Akt, erste Szene, Auftritt Richard, Duke of Cloucester.«

Alle Blicke wandten sich Elliot zu. Elliot hatte das Gefühl, daß sein Gehirn plötzlich blutleer war, sein Körper ohne jedes Gefühl. *Paralysiert*, dachte er erschrocken. *Ich bin gelähmt!* Er konnte *Richard III.* nur als Paralytiker spielen. Er hustete und stellte fest, daß er sich wenigstens auf seinem Stuhl bewegen konnte. Aber sein Gehirn blieb leer. Nichts, er hatte alles vergessen, alles, wie er Richard interpretieren wollte, einfach alles. Die anderen beobachteten ihn interessiert.

»Jetzt ist ...«, murmelte Elliot verstört, »jetzt ist, jetzt ... können wir eine Pause von fünf Minuten einlegen?«

Er saß mit Rhonda in einer Ecke der Imbißstube.

»Ich möchte einen englischen Toast«, sagte sie dem Mann hinter der Theke. »Und Kaffee.«

»Das gleiche für mich«, sagte Elliot.

Eine riesige Kakerlake lief die Wand hinauf und verschwand in einer winzigen Spalte. »Wenn diese Dinger so groß wären wie wir, würden sie die Welt regieren«, meinte Elliot nachdenklich.

»Ein paar Leute denken das sowieso«, erwiderte Rhonda.

Sie sah ihn an und lächelte. Rhonda war von klassischer Schönheit, ovales Gesicht, kastanienfarbenes Haar, Grübchen, vollkommener Körper, schlanke Beine. In zwei Jahren würde sie Starmodell sein. »Ich sag' Ihnen was«, lächelte sie ihn über der Kaffeetasse an. »Sie waren der einzige da drin, der was im Hirn hat. Ich meine: wir alle wußten, daß Bodine spinnt; aber Sie waren der einzige, der das ausdrückte.«

»Ach, was«, sagte Elliot, »das ist keine Intelligenz, das ist Angst. Angst, daß ich mich vor allen blamiere. Mit *allen* meine ich nicht etwa Tausende, denn mir ist völlig klar, daß wir nie vor Tausenden spielen — wenn's hoch kommt, vor einem Dutzend.«

»Jetzt spinnen Sie«, sagte Rhonda und warf ihr Haar mit einer Geste zurück, daß Elliot die Knie weich wurden. »Es ist doch ganz gleichgültig, vor wem und vor wieviel Sie spielen — und wenn Sie nur für sich allein unter der Dusche spielen.«

Elliot starrte sie an. Sie hatte ihn vorhin am Schluß der Sitzung angesprochen und ihn gefragt, ob er nicht mit ihr 'ne Tasse Kaffee trinken wolle. Und nachdem sie sie getrunken hatten, fragte sie direkt: »Wie wär's, wenn Sie mit in meine Wohnung kommen und ein bißchen proben? Vielleicht bin ich kein schlechter Kritiker?«

»Fabelhaft!« sagte er vergnügt.

Das war das erstemal, daß ihm so etwas in New York passierte.

Im Schlafzimmer lag Paula gemütlich ausgestreckt auf dem Fußboden, und Lucy saß auf ihren Knien, aß einen Apfel und lernte Französisch. Paula knurrte zufrieden und versuchte, sich aufzusetzen.

»Siebenunddreißig«, sagte sie schwer atmend und ließ sich wieder fallen. Herrlich war der harte Fußboden, flach, still, ruhig, und er hält dich fest. Nur die Mühe mit den Bauchübungen — hinlegen, mit gestreckten Beinen hoch, Arme lang, Hände still, das fiel nicht so leicht wie früher. Sie machte noch einen Versuch. »Achtunddreißig.« Runter. »Neununddreißig.« Jetzt ließ sie sich fallen. »Puh. Ich kann nicht mehr!«

»Ich glaube, es waren sechzig«, sagte Lucy freundschaftlich und biß knirschend in ihren Apfel.

»Die Muskeln«, sagte Paula, »die Muskeln sind hin. Ich kann nicht tanzen. Es war eine idiotische Idee. Ich glaube, ich muß dich zur Adoption weggeben. Hol mir ein Coke.«

»So, so«, sagte Lucy. »Coke macht dick.«

»Hol mir ein Coke, Liebling. Mutter möchte nicht mit einem Kleiderbügel über dich herfallen!«

Paula erhob sich mühsam, als Lucy aus dem Zimmer ging. »Bring's mir ins Bad.« Sie ging ins Badezimmer.

Lucy schlenderte in die Küche, ein paar Sekunden zu früh, um zu sehen, wie die Tür geöffnet wurde.

Elliot kam als erster, dann drehte er sich zu Rhonda um und sagte mit einer tiefen Verbeugung.

»Tritt ein, süße Anne.«

Rhonda trat ein und sah sich um.

»Du lebst hier allein?«

»Ja«, sagte Elliot und schloß die Tür. »Zum Glück leben die anderen, die hier leben, ebenfalls allein. Gib mir bitte deinen Mantel. Danke.«

Sie gab ihm den Mantel, den er sofort auf die Couch warf. Er sah schon wieder ihren Körper an — herrliche Brüste, geschwungene Hüften, hübscher runder Hintern. Eine reife Frucht, dachte er, die nur darauf wartet, von einem Schauspieler aus Chicago gepflückt zu werden.

»Komm.« Er nahm ihre Hand und führte sie zur Küche.

Lucy, die eben den Eisschrank öffnete, drehte sich um.

»He, Lucy«, sagte Elliot. »Das ist Rhonda. Rhonda, Lucy. Lucy, Rhonda. Rhonda, Lucy.«

Er bückte sich und nahm zwei Coke-Flaschen aus dem Eisschrank.

»Hallo«, sagte Lucy.

»Hallo«, echote Rhonda.

Elliot holte zwei Gläser aus einem Hängeschrank. »Was machst du heute?«

»Ich sitze auf meiner Mutter«, erklärte Lucy und starrte Rhonda unverhohlen an.

»Klingt lustig«, meinte Elliot. »Aber treibt's nicht zu laut. Rhonda und ich haben in meinem Schlafzimmer zu arbeiten. Klar? Also, mach's gut.«

Er schob Rhonda zärtlich vor sich her und trug geschickt die Cokeflaschen und die Gläser.

»Gute Nacht«, sagte Rhonda.

»Gute Nacht«, sagte Lucy. Sie sah ihnen nach, bis sie im Schlafzimmer von Elliot verschwanden. »Jede Wette«, sagte sie laut.

Paula lag genüßlich in ihrem Schaumbad, ein Handtuch wie einen Turban ums Haar gewickelt. Oh, liebes heißes Wasser, dachte sie, gib mir meine Kraft, meine Jugend, meine Vitalität zurück, schmeichele meinem miesen Körper. Okay, vergessen wir Jugend und Vitalität. Gib mir nur ein bißchen Kraft. Die Tür flog auf, und Lucy erschien mit einer Cokeflasche.

»Ich hab doch Stimmen gehört«, sagte Paula, »war er das?«

»Hmhm«, antwortete Lucy. »Er hat sich zwei Cokes genommen.« Sie gab Paula die Flasche und holte sich ihr französisches Lehrbuch.

»Hast du's aufgeschrieben?« fragte Paula.

»Nein«, sagte Lucy. »Ich hab's kaum bemerkt. Außerdem, wenn du erst mal dafür bezahlt hast, zahlen sie es dir nie zurück — und wenn ich ganze Bücher vollschreibe. Außerdem hatte ich nichts zum Schreiben dabei.«

»Ich hab' dir doch gesagt, daß du sogar aufschreiben sollst, wenn er nur ein Glas Wasser nimmt. Eine Serviette, ein Ei, ein Stück Klopapier ...«

»Was?«

»Wir sind schließlich kein Hotelbetrieb. Und ich glaube, so was stellt er sich vor.«

»Glaub' ich nun wiederum nicht.« Lucy blickte wieder in ihr Buch. »Warum kannst du ihn nicht leiden?«

»Aus einem Grund: er ist ungebeten gekommen«, sagte Paula schnell. »Darum kann ich ihn nicht leiden.«

»*Je vois*«, sagte Lucy.

»Wie bitte?«

»Ich verstehe. *Je vois, tu vois, il voit, elle voit. Vou voyez.*

Nous voyons. Ils ... Und wenn er Anwalt wäre oder Arzt, würdest du ihn dann mögen?«

»Er zerrt an meinen Nerven«, sagte Paula. »Und darum ist er für mich nicht nett, auch wenn er nett wäre.«

»Ich finde ihn ganz ulkig«, erklärte Lucy. »Er kommt mir vor wie ein Hund, den kein Mensch haben will.« Sie wartete auf einen wütenden Ausbruch ihrer Mutter, den Paula ihr auch sofort lieferte.

»Du hast ihn nie ulkig zu finden, hörst du? Niemals! Niemals! Wofür wollte er wohl *zwei* Cokes haben, dieser Raffke.«

Lucy las weiter in ihrem Buch und sagte nachlässig: »Eins für sich und eins für sie.«

Paulas Augen wurden groß. Ihr Turban löste sich auf. »Für sie? Was für eine Sie?«

»Er hat 'ne Bekannte da drin«, sagte Lucy immer noch gelassen. »Ich hab' gesehen, wie er sie mitbrachte.«

Paula erhob sich in all ihrer großartigen, rosafarbenen Nacktheit. Ihr Mund war schmal. »In meiner Wohnung! *Er hat ein Mädchen im Schlafzimmer?*«

Und was ist daran so schlimm, dachte Lucy. Schließlich hat er keinen Gorilla mitgebracht oder Ameisen.

»Warum hast du mir nichts davon gesagt?« Paula wurde scharf.

»Tut mir leid«, meinte Lucy ungerührt. »Soll ich seine Bekannte auch aufschreiben?«

Paula griff nach ihrem Bademantel und rannte hinaus. Sie hämmerte an die Tür von Elliots Zimmer, die sich sofort öffnete. Elliot stand grinsend vor ihr, die Coke-Flasche in der Hand. Hinter ihm auf dem Bett saß Rhonda mit einem Textbuch auf den Knien.

»Es schien mir doch so, als ob jemand klopfte«, sagte Elliot. »Hab' ich Halluzinationen?«

»Kann ich Sie unter vier Augen sprechen?«

»Na, ist das jetzt die richtige Zeit?« fragte Elliot. »Beim Frühstück wär's mir lieber.«

Paula sah über seine Schulter. Sie mußte ihre Augen anstrengen, um in dem dämmrigen Licht etwas zu erkennen. »Ist das da drinnen ein Mädchen?«

Elliot sah sich um, als müsse er das nachprüfen. »Ich kann nur sagen, das hoffe ich doch.«

»Nicht«, sagte Paula sanft, »nicht in meinem Haus. Ich werde so etwas nie und nimmer dulden!«

Elliot flüsterte: »Ich habe ja auch gegen das Mädchen in Ihrem Schlafzimmer nichts einzuwenden.«

Verschlagener Kerl. Paula hätte ihn am liebsten zusammengeboxt.

»Rhonda«, sagte Elliot fröhlich mit verschmitztem Blick, »das hier ist Mrs. McFadden. Mac wohnt ein Stückchen weiter — auch in einem Schlafzimmer. Mac, das ist Rhonda Fontana, eine begabte aufstrebende Schauspielerin. Bleib sitzen.«

»Hallo«, sagte Rhonda vom Bett aus. Sie schien völlig ruhig.

»Hallo«, erwiderte Paula kurz angebunden. Dann zu Elliot: »Unter vier Augen! Es ist mein voller Ernst.«

Elliot runzelte die Stirn und zog spöttisch eine Augenbraue hoch. Er warf Rhonda eine Kußhand zu, bevor er in den Flur trat.

Paula stand vor ihm, die Hände in die Hüften gestemmt. »Raus!«

»Raus? Wieso, ich dachte, ich bin hier sicher.«

»*Sie* — raus! Es gibt Motels für derlei Aktivitäten! Ich habe eine Tochter, die mit ihren zehn Jahren für alle Eindrücke sehr empfänglich ist, und das hier ist genau die Sorte Eindruck, von denen ich nicht wünsche, daß sie ihr vermittelt werden. Würden Sie also diesen aufgehenden jungen Star hinausbitten!«

Und danach, dachte Elliot. Die Wohnung kehren, den Müll runterbringen und mit Milch und Keksen schlafengehen? Die arme Frau scheint ihre Situation immer noch nicht begriffen zu haben.

»Hinaus aus was?« sagte er und spürte, daß er zum erstenmal wirklich zornig wurde. »Aus der von *mir* gemieteten Wohnung, in der ich Ihnen zu bleiben gestatte — in meiner unendlichen Güte?« Er hatte seinen Humor wiedergefunden, Gott sei Dank.

Paula versuchte ruhig zu bleiben, aber sie merkte, wie sie seinen Argumenten kaum noch etwas entgegensetzen konnte. Warum bin ich bloß so schwach? Warum kann ich nicht mal bluffen? Ich sollte bei Nixon Nachhilfestunden nehmen.

»Ich werde in diese vier Wände jeden und alles mitbringen, was mir paßt«, fuhr Elliot fort. »Und wenn es sogar ein einäugiges episkopaisches Känguruh ist, das meiner schrulligen Art gut gefällt. Und um Sie zu beruhigen, wir proben da drinnen zufällig den ersten Akt, 2. Szene, von *Richard III.* Wir haben einen Kretin vom Mars als Regisseur dieses Stückes, und ich brauche Hilfe, wo immer ich sie kriegen kann.«

Paula konnte ihn nicht länger ansehen. Er war zu stark — sie war geschlagen.

Elliot gab noch nicht nach; schließlich gab es noch einen Punkt zu klären. »Sollte ich in diesem Zusammenhang sogar versuchen wollen, intimere Kenntnisse dieses Luxuskörpers zu gewinnen, wäre das allein mein Problem — und das von Rhonda. Aber Sie ginge das nicht die Bohne an!«

Er stieß die Tür wieder auf, drehte sich aber noch einmal um und fragte: »Nur für die Akten: Was hat die kleine Lucy wohl für Eindrücke gehabt von dem, was in Mamis Schlafzimmer mit Tony in dem Spiel ›Ich lieb' dich — ich laß dich sitzen‹ vor sich ging? Ob sie wohl dachte, sie backen Ingwerkuchen?«

Er sah ihr in die Augen. »He, Mac, muß diese Festbeleuchtung sein? Drehen Sie gefälligst das Licht aus, ja. Wir kriegen sonst eine irre Rechnung.«

Elliot ging in sein Zimmer und machte die Tür hinter sich zu. Draußen im Flur stand Paula, und die Tränen flossen über ihr Gesicht und tropften auf den Kragen des alten Bademantels.

»Diese Frau ist einfach unglaublich«, sagte Elliot, »sie darf hier bleiben, weil ich es, gutmütig wie ich bin, erlaube, und ihr fällt nichts anderes ein, als mir das Leben zu vergällen.«

»Sie schien ein bißchen nervös zu sein«, sagte Rhonda sanft. »Oh, wollen wir weitermachen?« Sie blätterte im Textbuch. »Laß sehen, ich glaube, wir sind stehengeblieben bei ...«

»Ach was, machen wir eine Pause. Die ganze Geschichte hat mich aus der Stimmung gebracht.« Er holte tief Atem, Rhondas schweres Parfum stieg ihm in die Nase.

Rhonda legte das Buch neben sich. »Ist sie deine ... na, du weißt schon.«

»Was?«

»Na, Geliebte.«

»Die da?« Elliot lachte. »Sie? Du machst doch wohl einen Witz, was?«

»Warum? Sie sieht doch nicht schlecht aus.«

»Nein«, sagte Elliot. »Bestimmt nicht. Wir sind nur durch einen blöden Zufall hier zusammengekommen. Und wir sind wie Wasser und Feuer.«

Rhonda lehnte sich auf einen Ellbogen. Ihre Brüste spannten die dünne Bluse. Sie schien sehr gelassen zu sein und sah aus, als genösse sie die Situation.

»Macht es dir was aus, wenn ich mein Hemd ausziehe?« fragte Elliot. »Es ist sehr warm hier drin, und ich bin gewohnt, halbnackt rumzulaufen.«

»Stört mich nicht im geringsten«, sagte Rhonda.

Geschmeidig, dachte Elliot, geschmeidig, das ist das passende Wort für sie. Er zog das Hemd aus und warf es auf die Kommode. »Weißt du, was mich umbringt?« fragte er.

Rhonda schüttelte den Kopf. Ihr Blick folgte ihm.

»Mein Rücken. Bringt mich noch mal um, genau hier.« Er griff nach hinten zwischen den dritten und vierten Lendenwirbel. »Ich war gestern die halbe Nacht draußen im Regen, und offenbar hab' ich mich dabei erkältet. Mörderisch, sag' ich dir, einfach mörderisch. Kennst du so was auch?«

Rhonda nickte. Sie sah leicht amüsiert aus. »Und du willst, daß ich dich massiere, hm?«

»Das wäre eine sehr menschliche Tat an einem Kollegen«, sagte Elliot. »Ich wäre natürlich glücklich, mich erkenntlich zu zeigen.«

Rhonda trat zu ihm. »Und was bekomme ich dafür — außer Dankbarkeit?«

»Nun ...«, sagte Elliot, als die Berührung ihrer weichen Hände mit seinen Schulterblättern erotische Schauer durch seinen Körper sandte. »Gott! Oh Gott!«

»Was?«

»Laß mich nachdenken. Wie wär's mit einer Serenade. Du massierst ... uh, oh, oooohhh — ich spiele eine Serenade.«

»Angenommen«, sagte sie.

Elliot griff nach seiner Gitarre. Sie hat Hände wie ein Bildhauer, dachte er. Das ist fast so gut wie sie zu bumsen. »Hör zu, fair ist fair. Und dies für das.«

Er sah sich lächelnd zu ihr um.

In der Küche lärmte Paula mit einem Löffel in einem Teller, auf dem sie einen Heringssalat für Lucy anrichtete. Sie riß den Eisschrank auf, nahm Milch heraus, und schmiß die Tür knallend zu. Sie stellte alles auf ein Tablett — Milch, Gläser, Kekse, Teller — und drehte das Licht aus. Dann trug sie das Tablett in ihr Schlafzimmer.

»Bist du in Ordnung?« fragte Lucy.

Paula stellte den Heringssalat auf Lucys Nachttisch. »Mir geht's gut. Das ist für dich, und dann schläfst du.«

»Du bist doch wütend, weil die's da drinnen treiben?«

»Sie treiben es nicht«, sagte Paula. »Sie proben eine Szene aus *Richard III.*« Sie zögerte. »Lucy, ... hat dich das mit Tony und mir jemals gestört? Daß wir ... na, zusammen gelebt haben, ohne verheiratet zu sein?«

»Nein«, sagte Lucy.

»Ich wollte ja, daß wir heiraten. Aber er hat die Scheidung nicht bekommen.«

Lucy steckte sich ein Stück Hering in den Mund. »Ist schon gut.«

»Ich wollte wissen, wie du darüber gedacht hast.« Sie tätschelte ihrer Tochter den Kopf. »Verstehst du?«

Lucy nickte. »Ißt du deine Kekse?«

»Du kannst sie haben. Aber paß auf die Krümel auf. Und mach das Licht aus, wenn du fertig bist.« Sie küßte Lucy auf die Stirn. »Gute Nacht, mein Engel.«

»Nacht«, sagte Lucy.

Eine Minute später drang die Melodie eines spanischen Liebesliedes, zärtlich gespielt auf einer Gitarre, vom anderen Schlafzimmer herüber.

»Ist das ein Lied aus *Richard III.?*« flüsterte Lucy.

6

Mit steif ausgestreckten Beinen lagen sie auf dem Fußboden. Marian hatte heute gnadenlos mit ihnen gearbeitet, und selbst die Jungen schwitzten und knurrten vor Anstrengung.

»Und eins ... zwei ... drei ... vier ... Beine heben. Heben! Die Stellung halten. Bauch straffen. Langsam Oberkörper heben. Langsam. Und das ganze von vorn. Eins ...«

Paula war einer Ohnmacht nahe! Zwei Minuten in dieser Stellung — das war zuviel für sie. Sie knirschte mit den Zähnen, schloß die Augen — und gab endlich auf.

Marian ging durch die Reihen, blieb bei ihr stehen und schüttelte schweigend den Kopf.

Wenn du die ganze Nacht nicht geschlafen hättest, weil im anderen Zimmer das Bett pausenlos knarrte, könntest du auch nicht in dieser Stellung verharren, dachte Paula. Die letzte Nacht war eine noch größere Tortur gewesen als die Übung jetzt. Ein Mann und eine Frau, Fremde, ein paar Schritte entfernt, die sich laut und leidenschaftlich liebten, während Paula in ihrem Bett lag und jedes Stöhnen hören konnte. Es war unmöglich, sich *nicht* vorzustellen, was sie da drüben taten, ja, sie hatte es sogar gefühlt. Seine Hände glitten über ihren Körper, griffen fester zu, seine Finger gingen auf Entdeckungsreise, fordernd, zärtlich. Eine Nacht voller Qual und Sehnsucht. Hurensohn. Dieser lausige, mistige, monomanische Kerl.

»Oh, lieber Gott, bitte«, sagte sie laut, als Marian endlich das Signal gab, die Übung zu beenden. »Ich bitte dich, ein Mann im Rolls soll mich anfahren, und dann hebt er mich auf und so ...«

»Ich glaube, das ließe sich machen«, bemerkte Donna, die neben ihr lag.

»Danke«, sagte Paula und versuchte mühselig zu lachen. Ein Schweißtropfen rollte über ihre Nase bis zur Oberlippe. Sie leckte ihn ab.

»Nein, ich meine es ernst«, sagte Donna. »Ich meine, ich kriege vielleicht für uns beide einen Job in der Autoausstellung im Coliseum. Nur zwei Wochen — aber man wird gut bezahlt.«

»Und was müssen wir dafür tun?«

»Nichts — nur hübsch aussehen, auf den einen oder anderen Wagen zeigen und ein paar alten Kerlen nette Worte darüber sagen. Das ist ungefähr alles ...« Sie mußte laut lachen, als sie Paulas Gesicht sah. »Nein, nein, ich mein' es wirklich ernst. Wir müssen tatsächlich nur hübsch aussehen und auf die Wagen zeigen.«

»Das könnte ich gut. Ich bin fabelhaft, wenn ich mich nicht beugen und strecken oder tanzen muß.« Sie beugte sich zu Donna. »So lange ich dafür nicht bumsen ...«

»Quatsch, du mußt nur so was sagen wie: einsame Spitze ... erste Klasse ... einfach super ... ganz kurz. Aber kein Beugen und Strecken. Und Tanzen mußt du auch nicht.«

»Kein Bumsen?« fragte Paula.

»Nur wenn du dafür bezahlt werden willst«, meinte Donna lachend. »Der Freund von mir sagt mir am Wochenende wegen dieser Sache Bescheid.«

Paula spürte plötzlich Tränen in ihren Augen. »Was für ein netter Kerl bist du doch!« Sie schluckte. »Du hättest es mir doch gar nicht sagen müssen.«

Donna sah sie mitleidig an. »Ach, weißt du. Irgendwie fühle ich mich mit dir verwandt. Schließlich war ich mal mit deinem Ex-Ehemann zusammen und wurde, wie du, von ihm sitzengelassen.«

Paula lächelte.

Marian ging wieder an ihnen vorbei. »Also, los, Ihr Faultiere. Bitte Bauchlage einnehmen.«

»Ich kann überhaupt keine Lage mehr einnehmen«, murmelte Paula.

Die Probebühne war offenbar früher mal ein Swimming-pool gewesen, an den Schmalseiten waren immer noch die Sprungbretter angebracht. Rhonda Fontana war vollkommen entspannt und zufrieden. Sie sprach in ihrer Rolle als Lady Anne zu den beiden schmuddeligen Sargträgern: »... immer wenn Ihr müde seid, ruht aus, derweil ich klag' um König Heinrichs Leiche.«

Elliot kam auf die ›Bühne‹ gehumpelt. Oder gehopst. Oder gesprungen. Oder geschlendert. Er hatte keinen Buckel und keinen Klumpfuß. »Halt, Ihr der Leiche Träger ... setzt sie nieder ...« zitierte er mit starken Nasallauten.

Rhondas Augen blitzten, als sie ihn sah. »Welch schwarzer Zaub'rer bannte diesen Bösen zur Störung frommer Liebesdienste her?«

Verdammt, dachte Elliot, so gut bin ich wohl doch nicht. Wie klingt das bloß? Komisch, oder? »Schamloser Hund«, sprach er weiter. »Du stehst da, während ich befehle? Senk die Hall'barde mir nicht vor die Brust, sonst, bei Sankt Paul, streck ich zu Boden dich.« Und plötzlich holte er tief Atem und gab auf. »Meine Karriere ist vorüber. Als Affe werd' ich dastehen, dem allgemeinen Spott preisgegeben.«

»Was?« fragte Rhonda verblüfft.

Elliot sah Bodine an, der irgendwo herumstand. »Mark, ich flehe dich an! Ich flehe dich an ...!«

»Schon gut, Kinder«, schrie Bodine laut. »Machen wir 'ne Pause. In zehn Minuten seid Ihr wieder hier. Zehn!«

Er winkte Elliot, ihm zu folgen. »Laß uns an die Luft gehen«, sagte er begütigend.

Sie gingen durch einen langen feuchten Korridor, und Elliot meinte, immer noch den Geruch von Chlor und nassen Badeanzügen in der Nase zu haben. Sie gingen eine enge Eisentreppe hinauf.

»Was für ein Dreckloch«, sagte Mark.

»Ich dachte, es ist 'ne Kirche«, sagte Elliot.

»Was macht das schon für einen Unterschied?«

Sie kamen in eine kleine Halle und öffneten die Tür nach draußen. Die Sonne strahlte von einem wolkenlosen Himmel.

»Was ist los?« fragte Mark. »Du bist unglücklich, Elliot, nicht wahr?«

»Unglücklich?« überlegte Elliot. »Nein, nicht unglücklich. Ausgeflippt. Versteinert.«

Der Regisseur legte ihm den Arm um die Schulter.

Elliot dachte: Das ist nur die Geste von Mann zu Mann, eine Geste offener Freundschaft und Offenheit. Nichts weiter. Dieser Mann ist voller Emotionen, und er ist geradeaus und hat keine Hemmungen, seine Gefühle auszudrücken. Ich bin derjenige, der sich bei jeder — Annäherung irgend was Krummes denkt ...

»Die Kritiker werden mich kreuzigen, Mark«, sagte er, »und die Schwulen-Bewegung wird mich an meinen Genitalien an Shakespeares Speer aufhängen. Du mußt mir helfen, Mark.«

»Was willst du denn, Elliot?« fragte Mark sehr leise.

»Ich möchte meinen Höcker haben und 'ne lahme Hand. Ich will ja nicht viel, nur zwei kleine steife Finger an meiner rechten Hand ... Ich brauch eine psychologische Krücke, Motivation, du begreifst doch.«

»Ich verstehe«, sagte Mark jetzt sehr kühl. Er zog seinen Arm zurück. »Mit anderen Worten, du brauchst Sicherheit. Du willst uns den konventionellen Standard-Richard geben. Darüber kann ich nicht diskutieren, Elliot. So wird er seit vierhundert Jahren überall gespielt.«

»Hör zu«, sagte er verzweifelt, »was weiß ich denn? Ich bin doch nur froh, daß ich die Rolle überhaupt bekommen habe.«

»Ach, was«, sagte Bodine, »verstell dich doch nicht.«

»Ich komme aus Chicago ... da draußen wird ein klein wenig anders gespielt. Wie die Stücke geschrieben sind. In New York spielt Ihr eher *gegen* das Stück. Na, bitte. Ich respektiere das. Du hast Off-Broadway-Erfahrung. Ich nicht. Und ich mach' ja auch, was du willst. Ich spiele Richard wie Tatum O'Neal, wenn du willst, bloß ... laß mich auf der Bühne nicht lächerlich wirken.«

»Wäre das so schlimm?« fragte Mark. »Ist das für dich das Schlimmste auf der Welt?«

»Na ja, vielleicht nicht das Schlimmste. Wahrscheinlich ist es schlimmer, ein Baby zu kriegen, oder Angina, oder Hirnhautentzündung. Aber so ähnlich.«

»Und du kommst dir lächerlich vor?«

Elliot merkte, wie überlegen Mark ihm war. Er hatte das Gefühl, als ob ein Psychotherapeut mit ihm spräche. Das ärgerte ihn. »Ich fühl' mich beschissen«, sagte er schlicht.

Mark versuchte mit seinem Zeigefinger eine Haarsträhne über

Elliots Auge wegzuschieben. Es gelang ihm nicht. »Wir müssen einander vertrauen, Elliot.«

Vertrauen ist das letzte, was ich in dich habe, dachte Elliot. »Tu-tu-tu ich ja«, log er.

»Dann verstehst du auch, daß ich dich das nie so ausspielen lasse«, versicherte Mark.

Elliot seufzte und sah an Mark vorbei. »Gott sei Dank.«

»Aber du siehst doch meine Zielrichtung?« fragte Bodine.

»Ich bemühe mich, Mark«, sagte Elliot und versuchte sich zu konzentrieren.

»Richard war schwul«, erklärte Bodine, »daran gibt's keinen Zweifel. Aber das muß nicht ausgespielt werden. Obwohl es klar werden soll. Wenn wir davon ausgehen, darfst du auch den Buckel wieder mitspielen lassen — und den Klumpfuß.«

»Und die steifen Finger?« fragte Elliot gegen jede Hoffnung.

»Wenn du willst?« sagte Mark freundlich.

»Ich liebe sie«, sagte Elliot. »Bin verrückt nach ihnen!«

»Dann laß sie mitspielen, Baby«, sagte Mark betont. »Benütze sie. Und dann wirst du erkennen, was ich will. Ich laß dich nicht hängen, Bambula, ich führ' dich schon richtig! Wer trägt denn meine Auffassung? Du doch!« Er nahm Elliot einen Augenblick lang in die Arme, als wolle er mit dieser Gebärde seine Worte bekräftigen.

Sie gingen zusammen zu Rhonda zurück. »Rhonda, fang noch mal bei deiner letzten Zeile an, da, bevor Richard auftritt.«

Rhonda räusperte sich. »... derweil ich klag' an König Heinrichs Leiche.«

Elliot trat wieder als Richard auf, gebückt, seinen Klumpfuß hinter sich herziehend, die rechte Hand baumelte an seiner Seite. Er lispelte auch ein wenig, und als er zu sprechen anfing, dachte er, ich bin bestimmt der unheimlichste, krankhafteste Richard, den es je gab. »Halt, Ihr der Leiche Träger ... setzt sie nieder ...«

Rhonda, die sonst sehr beherrscht war, konnte nicht länger an sich halten. Sie brach in helles Gelächter aus.

Paula nahm eine Büchse gebutterter Cornflakes aus dem Regal und legte sie in ihren Wagen. Sie mußte daran denken, wie Lucy vor vielen Jahren in dem kleinen Wagen gesessen hatte und nach allem hatte greifen wollen, was sie gesehen hatte. Nie wieder, dachte Paula wehmütig. Keine Kinder mehr für Paula McFadden.

Im Parallelgang lief Elliot zwischen den Regalen entlang. Der Tiefpunkt des Tages war vorbei. Jetzt konnte er sich auf den Tiefpunkt des nächsten Nachmittags freuen. Als er um die Ecke bog, stieß er bei der Truhe mit tiefgekühltem Fleisch mit Paulas Wagen zusammen.

»He, sind wir uns nicht mal irgendwo begegnet?«

»Oh, bitte! Ich kaufe gern ein, verderben Sie mir nicht auch diesen harmlosen Spaß!«

Eigentlich war das eine Lüge. Sie hatte es nur um der Wirkung willen gesagt. Die einzigen Menschen, die wirklich gern einkaufen, sind solche, die es nicht jeden Tag machen müssen. Wie Pärchen in Liebesfilmen, die fröhlich durch den Supermarkt gehen und zusammen nach Margarine und Badewanne-Reinigern und gefrorener Pizza greifen.

»Schön friedlich«, sagte Elliot. »Das ist doch albern. Krieg führen müssen wir erst daheim. Wenn Sie kaufen, was Sie brauchen, und ich kaufe, was ich brauche, können wir viel Geld sparen, wenn wir es gemeinsam tun. »Er zog eine Liste aus der Tasche. »Wir brauchen Seife, Schatz.«

»Nicht in *meinem* Badezimmer«, sagte Paula. Sie griff nach einer Dose Bohnen und betrachtete sie aufmerksam. Dann stellte sie sie wieder zurück.

»Aber warum machen wir nicht zusammen eine Einkaufsliste und teilen dann die Rechnung?«

Unerhört logisch, dachte Elliot zufrieden.

»Rechnung teilen? Bei welchen Sachen?«

»Fressalien, Zeug zum Saubermachen von Bad und Küche, und alle Sachen, die man für den Haushalt eben braucht.«

Paulas Blick wurde streng.

»Außer männlicher und weiblicher Schnokes. Sie kaufen Ihre und ich meine — Kosmetika und so«, fügte Elliot flink hinzu. *Ich zahle jedenfalls nicht für deine kleinen Tampons, und du nicht für meine Gummidinger.* »Da macht sich jeder seine eigene Liste.«

»Und wir teilen alles?«

»Alles«, antwortete Elliot und fügte mit ehernem Gesichtsausdruck hinzu: »Ich zahle mein volles Drittel.«

Paula schob ihren Wagen wieder an. »*Ein Drittel?*«

»Ich habe schließlich keine Tochter«, sagte Elliot mit süßem Lächeln.

»Irre ich mich, oder hat sich nicht Lady Anne gestern abend ihre Hände gewaschen?«

Diesmal war sein Lächeln anerkennend. »Blitz-blitzgescheit! Ich liebe Frauen mit hellem Köpfchen!« Er öffnete beide Arme. »Okay, halbe-halbe.«

Er nahm die Päckchen und Dosen aus ihrem Korb und legte sie in seinen. An der Kasse legte Paula eine Fernsehzeitschrift und ein Päckchen Kaugummi obenauf.

»Wozu soll das gut sein?« fragte Elliot stirnrunzelnd.

»Was?«

»Das Fernsehprogramm.«

»Sie wissen nicht, wozu das gut ist?« fragte Paula. »Darin steht das Fernsehprogramm.«

»Die brauchen wir doch wirklich nicht.«

»Ich schon.«

»Getrennte Kasse?«

»Sie dürfen sie auch lesen.«

»Aber ich sehe kaum je in die Glotze«, sagte Elliot.

»Vergessen Sie's. Ich zahle dafür.«

»Und was ist mit den Kaugummis?«

»Ja, was?«

»Gehören die uns beiden?«

»Ja. Klar, natürlich. Ja doch!«

»Ich kaue nicht.«

»Dann lernen sie es eben.«

»Okay, geben Sie mir einen.«

Paula warf ihm das Päckchen hin, und Elliot packte ein Stückchen aus.

Als sie jeder eine große Tüte im Arm hatten, holte Elliot den Kaugummi zwischen den Zähnen hervor und schob ihn Paula in den Mund. »Sehr ungesund«, sagte er. »Macht die Zähne kaputt.«

»Wenn Ihnen meine Gesundheit wirklich am Herzen liegt«, sagte Paula, »buchen Sie morgen den ersten Flug nach Angola.«

Sie machten sich auf den Heimweg. Als sie an einem Spirituosengeschäft vorbeikamen, sagte Elliot: »Moment mal. Chianti! Ich kriege Spaghetti ohne Chianti nicht runter.«

Paula ging weiter. »Nicht auf meine Rechnung.«

Elliot hielt sie an einer Schulter fest. »Aber bitte, die Bar übernehme ich. Zwar knapp von Statur, doch nicht knapp bei Kasse! Ich komm' gleich wieder.«

Paula blieb vor dem Geschäft stehen.

»Eine Flasche von Ihrem besten, billigsten Chianti bitte«, verlangte Elliot.

»Wie tief wollen Sie gehen?« fragte der Verkäufer.

»Na, höchstens bis eins-achtzig.«

»Jesses, das ist billig. Für eins-achtzig kriegen Sie nicht mal Grapefruitsaft.«

»Doch«, erklärte Elliot, »hab' ich eben gekauft.«

»Dann sind Sie damit jedenfalls besser dran«, sagte der Verkäufer. »Na, sehen wir mal. Tja, für eins-achtzig kann ich Ihnen ... hmm ... einen kalifornischen Roten geben.«

»Nicht aus Kansas?« fragte Elliot.

Der Verkäufer hob verzweifelt die Hände. »Hören Sie, tun Sie mir einen Gefallen. Würden Sie bis zu zwei-fünfzig raufgehen?«

»Mit oder ohne Mehrwertsteuer?«

»Sehe ich aus wie Al Capone? Ohne. Die Steuer kommt dazu.«

»Na, ich weiß nicht ...«

»Sie können mir voll vertrauen«, sagte der Verkäufer. »Es wird Ihnen nicht leid tun. Ich kenn' das Gewächs persönlich. Trinke es selbst. Und wo ist denn schon ein Unterschied zwischen eins-achtzig und zwei-fünfzig?«

»Siebzig Cents«, sagte Elliot.

»Genau!« sagte der Verkäufer und holte eine Flasche aus dem Regel. »Kumpel, Sie haben ein aufregendes Abenteuer vor sich.«

Elliot bezahlte und lief hinaus.

Draußen fand er Paula an die Wand gelehnt, die Tüten lagen auf dem Pflaster, ihr Inhalt verstreut. Sie schien in einem Schock zu sein, ihre Lippen waren grau, sie rang nach Luft.

Elliot packte sie an der Schulter. »Was ist los? Was ist geschehen?«

»Meine Tasche«, wimmerte Paula. »Sie haben mir die Tasche gestohlen.«

»Mit den Lebensmitteln?«

»Nein, mit meinem Portemonnaie.«

»Wer?«

Sie zeigte mit schwacher Gebärde auf ein blaues Auto, das sich entfernte. »Im Wagen. Es waren zwei.«

»Mein Gott, sagte Elliot.

»Einer sprang raus und nahm die Tasche.« Sie schloß die Augen. »Alles, aber auch alles war in der Tasche.«

»Mein Gott!« Elliot wiederholte sich. »Dreckschweine.«

Paula erwachte plötzlich zum Leben. »Wollen Sie nicht die Verfolgung aufnehmen?«

»Von einem fahrenden Wagen?«

Ihre Stimmung änderte sich von einer Sekunde zur anderen. »Danke. Danke tausendmal!« Sie wurde rot vor Zorn, bückte sich und sammelte die Päckchen und Dosen zusammen.

»Sie könnten bewaffnet sein«, meinte Elliot. »Was erwarten Sie von mir? Daß ich sie mit einer Büchse Tomaten angreife?« Er hielt ihr die Büchse vor die Nase.

Sie entriß sie ihm und kniete sich aufs Pflaster. »Lassen Sie mich! *Sie sollen mich zufrieden lassen!*«

Elliot hob die Schultern. Diese Frau war offensichtlich verrückt.

Zehn Minuten später ging er hinter Paula die 78th Street entlang. Sie blieb nur ab und zu stehen, um sich die Nase zu putzen und die Tränen abzuwischen.

»Ich finde, Sie sollten es der Polizei melden«, rief er ihr nach. »Soll ich anrufen?«

»Wie nett wäre es gewesen, wenn Sie vorhin so hilfreich — ach was ...« schluchzte Paula.

»Hören Sie«, sagte Elliot. »Es tut mir leid, aber ich habe schließlich nichts gesehen. Sie können mich umbringen. Ich war in dem Laden. Was erwarten Sie von mir? Ich bin nicht Ihr Hirtenhund.«

Paula ging schneller.

Elliot starrte ihr nach, als ein blaues Auto vorbeifuhr.

Paula kreischte: »Oh! Mein Gott! Das sind Sie! DAS SIND SIE! Haltet Sie auf!«

Sie lief hinter dem Wagen her, schrie so laut sie konnte und hielt ihre Tüten fest an sich gepreßt. Eine Sekunde lang stand Elliot wie festgenagelt. Dann stellte er seine Tüten ab und sprintete hinter dem Wagen her. Er spürte sein Herz klopfen, seinen Hals trocken werden. Irgendwie bekam er mit, wie die Menschen stehen blieben und ihm nachsahen. Da war der Buick. Seine Beine wurden schwer, aber er rannte weiter. Der Buick verlangsamte das Tempo. Ein roter Impala stand vor ihm an der Ampel. Ein Mann trat Elliot in den Weg.

»Aus dem Weg!« sagte Elliot und schob ihn beiseite. »Ich habe gleich eine Kugel zwischen meinen verdammten Augen!«

Er erreichte den Buick, riß die Tür beim Fahrersitz auf. Zwei weiße Männer saßen vorn, ein Schwarzer lümmelte sich hinten.

»Na, schön«, sagte Elliot keuchend (er war über seinen Mut höchst erstaunt.) »Gebt sie her! *Gebt mir sofort die Tasche!* Na, wird's bald? Ich habe keine Angst vor euch. Aussteigen! Los!« Er kam sich vor wie ein hartgesottener Kriminalkommissar.

Aber nicht dem Fahrer, wie es schien. Er sah ihn amüsiert an. »Okay«, sagte er. »Wir ergeben uns.«

Der Mann neben ihm sagte, ohne zu lächeln: »Vergiß dich, du Pisser!«

Der Mann am Steuer drehte sich zu dem Neger auf dem Rücksitz um. »Nimm ihn dir, Cookie. Und dann schenkst du ihn uns.«

Der Neger machte die Tür auf.

Elliot sprang schnell zurück. »Schon in Ordnung, regt euch nicht auf. Ich hab' ja nur gefragt. Nur gefragt!«

In diesem Augenblick wurde das Licht an der Ampel grün, und der rote Impala schoß über die Kreuzung. Der Schwarze machte die Tür wieder zu.

»Einen schönen Tag noch«, sagte der Fahrer des Buick und fuhr langsam an.

Elliot stand verloren auf der Straße. Mehrere Gruppen von

Kindern lachten sich halb tot, zeigten auf ihn, bogen sich vor Lachen.

»Verdammte Demütigung«, sagte er zu sich selbst, als er zu Paula zurückging.

Diesmal schien die Straße kein Ende zu nehmen. Ab und zu starrten ihn die Leute an. Er ließ den Kopf hängen. Als er Paula sah, lag sie wieder auf den Knien. Diesmal suchte sie den Inhalt einer zerrissenen Tüte zusammen. Er bückte sich, um ihr zu helfen.

»Mein gesamtes Geld war drin«, sagte sie bitterlich weinend. »Alles! Mein letzter Dollar.«

Elliot war wirklich zutiefst berührt von ihrem Schmerz.

»Sie und Ihr verfluchter Chianti«, sagte Paula und wischte sich eine tränennasse Wange ab.

Sein Mitleid schwand. »Was hat der Chianti damit zu tun? Sie könnten mir wenigstens danken, daß ich mein Leben für Sie aufs Spiel gesetzt habe.« Er sammelte weiter.

»Haben Sie meine Tasche?« schniefte Paula. »Nein! Also, weshalb soll ich Ihnen danken? Warum habe ich bloß so ein irres Glück, sobald ein Schauspieler in mein Leben tritt! Ich hasse euch alle!«

Elliot beugte sich vor, um eine Dose aufzuheben. Sie schubste ihn zur Seite.

»Lassen Sie mich in Frieden! Machen Sie, daß sie wegkommen!«

Sie nahm die Sachen in beide Arme, stand mühselig auf und ging weiter.

Betroffen folgte Elliot ihr. »Ich kann mir ehrlich nicht vorstellen, daß man Ihnen die Tasche klaut, weil ich Schauspieler bin«, sagte er.

7

Die Drei saßen am Tisch. Lucy wickelte achtzig Meter Spaghetti um ihre Gabel. Elliot trank seinen Zwei-fünfzig-plus-Steuer-Chianti, und Paula schmollte. Ihr Essen lag unberührt kalt und klebrig vor ihr auf dem Teller. Elliot hatte die Spaghetti selbst gekocht und war begeistert von seinem Können. Wie hypnotisiert starrte er in den Topf und fand kaum aus seiner Träumerei in die Welt des Alltags zurück, als sie gar waren. Zwei Kerzen brannten auf dem Tisch, und er redete ohne Punkt und Komma auf Lucy ein.

»... als ich aus dem Nordwesten endlich rauskam, spielte ich an einem Sommer-Theater am Lake Michigan. Zehn Aufführungen in zehn Wochen. Hab' wie ein Hund geschuftet, na, wie ein Muli, hatte Hepatitis und Mumps, ohne es überhaupt zu merken. Ich dachte, na du bist eben gelb und fett.«

»Was für Stücke?« fragte Lucy.

»Laß mich mal überlegen.« Elliot stützte den Kopf in eine Hand. »Das erste hieß *Wer den Wind sät.* Ich spielte den Reporter.«

»Im Film war es Gene Kelly«, sagte Lucy. Sie hob das Gesicht, hielt die Gabel über den weit offenen Mund und ließ die meterlangen Spaghetti hineinfallen.

»Schach«, sagte Elliot. »Kelly war ganz gut, aber vielleicht hat er die Rolle nicht so tief erfaßt wie ich. Wer weiß? Dann kam *Cyrano.* Hauptrolle.«

Paula sah zur Decke und schüttelte den Kopf. Zum Teufel mit ihr, dachte Elliot. Wenn sie wie ein ungezogenes Kind in der Ecke stehen will, dann soll sie doch. Uns macht das nichts, im Gegenteil.

»José Ferrer«, erklärte Lucy. »Ich hab' ihn vorige Woche auf dem neunten Kanal gesehen.«

»Ich brauchte nur halb soviel Nase und bekam dafür doppelt

soviel Lacher«, sagte Elliot. »Der Stil ist wichtig, nicht die Maske.«

Lucy lächelte ihn wissend an. »Sagen Sie mal, wann haben Sie zum erstenmal bemerkt, daß Sie einen Minderwertigkeitskomplex haben?«

»He!« sagte Elliot. »Du bist mir schon eine. Aber wenigstens etwas hast du von deiner Mutter geerbt, nämlich ein sehr loses Mundwerk — vor allem für ein kleines Gör.«

»Mädchen«, berichtigte Lucy. »Gör ist so was wie Ziege.«

»Mädchen«, sagte Elliot gehorsam.

»Sie halten wohl 'ne Menge von sich, was?« fragte Lucy.

Elliot nickte. »Ich habe den stärksten Ego auf dieser Seite von St. Louis. Aber in diesem Beruf muß man an sich glauben. Sonst hacken sie dich in Stücke und servieren dich in der Zwiebelsuppe.«

Er sah zu Paula hinüber. Keine Reaktion. Leeres Gesicht. »Was dann?« fuhr er fort. »Ach ja, ein Jahr lang war ich auch Discjockey. Aber das war nicht das Richtige. Man muß mein Gesicht sehen können, um meine Arbeit anzuerkennen.

Er dachte zurück an die Zeit beim KRTW; dem polnischen Sender — er bestand aus zwei Zimmern —, wo er und Eddie Wankowski, sein Tontechniker, vier Stunden am Tag das Material rausgesucht und acht Stunden lang überspielt hatten. Er hatte versucht, die ausgeleierte Routine (Musik und fünf Minuten Nachrichten) zu ändern, und hatte zwischendurch Buchbesprechungen, Kommentare, Ratschläge gebracht. Aber das hatten die Leute nicht haben wollen. Der Verkauf von Werbespots war rapide gefallen.

»Sie wollen ihre Polkas und Marschlieder und den Wetterbericht«, hatte Wankowski immer wieder gesagt. »Glaub mir, ich weiß das. Ich brauch' doch nur meine Eltern anzusehen. Gib ihnen bloß keine geistige Anregung!«

»Anregung?« hatte Elliot erstaunt gefragt. »Es ist doch nur eine kleine Abwechslung, weiter nichts.«

»Die einzige Abwechslung, die unsere Hörer haben wollen, ist 'ne andere Platte.«

Nach elf Monaten hatte der Inhaber des Senders, Mr. Donahue, beide fristlos entlassen. »Tut mir leid«, hatte Elliot sich bei Wankowski entschuldigt. »War meine Schuld.«

»Du hast dein Bestes gegeben«, hatte Wankowski feierlich gesagt.

»Dann gab ich Schauspielunterricht«, erzählte Elliot weiter. »Ein Semester lang. Am Duluth Junior College.«

»Ziemlich weit weg, was?«

»Sehr weit«, sagte Elliot. »Fast an der Grenze zu Kanada. An den Wochenenden konnte man nur skilaufen und bum ... noch mal skilaufen, meine ich. Die Hälfte der Fakultät bekam 'ne Art Virus, Bläschen im Mund. Hast du mal *Ein Tag im Leben von Ivan Denisovitch* gelesen?«

»Nein.«

»Na ja, wir mußten nicht gerade Buchweizengrütze essen, aber sehr gemütlich und gut war es durchaus nicht. Aber ich hatte zwölf Studenten, und sieben habe ich durchfallen lassen.«

»Gemein«, sagte Lucy.

»Nein, nein, durchaus nicht. Ich habe nur einen sehr hohen Standard. Wohl unnötig auszuführen, daß sie mich danach entließen.«

Er sah wieder zu Paula hinüber, die immer noch dasaß wie Niobe, versteinert und eiskalt. Er nahm die Chiantiflasche. »Ein bißchen Wein?« fragte er.

Sie gab keine Antwort und starrte auf ihren Teller.

»Nienti Chianti«, sagte Elliot und stellte die Flasche wieder hin.

»Mann, das war gut«, sagte Lucy. »Sie sind prima in Sprachen. Finden immer das richtige Wort.«

Elliot dachte ein bißchen nach. »Worte sind die Leinwand der Schauspieler«, sagte er und machte eine weit ausholende Gebärde. »Seine Lippen sind die Pinsel, und seine Zunge die Farben des Spektrums. Und wenn er spricht, malt er Porträts ...«

Lucy lachte herzhaft: »Klasse. Sie sind Klasse.«

Elliot blies sich auf und sagte zu Paula: »Das Kind hat einen sicheren Blick.«

Paula gab keine Antwort.

Warum geb' ich mir nur soviel Mühe, ihre Zuneigung zu gewinnen, dachte Elliot. Schließlich konnte er Rhonda zu jeder

Tages- oder Nachtzeit haben: eine süße, willige, noch dazu jüngere und hübschere Frau, viel besserer Busen und sicher tausendmal besser im Bett. Forderte nichts. Na ja, vielleicht nicht so schlagfertig wie Paula. Und auch nicht so intelligent. Aber das war nicht so wichtig. Dieses Weib nutzte ihren Witz nur für Bosheiten und schlechte Laune. Also: *Warum spiele ich mich vor ihr auf wie ein Gockel?* Er benutzte sogar Lucy, dieses liebe Kind, als Spiegel, der seine Worte reflektierte. Weil mein starkes Ego so zerbrechlich ist wie dünnes Glas. Ich kann es nicht ertragen, wenn man mich nicht mag. Von keinem Menschen.

»Sie sind überhaupt nicht wie Tony«, sagte Lucy.

»Danke schön«, sagte Elliot. »Und du hast überhaupt keine Ähnlichkeit mit Attila, dem Hunnenkönig.«

»Er war kein Klasse-Schauspieler«, sprach Lucy weiter. »Er war nur — na, sexy.«

»Und mich findest du nicht sexy?« fragte Elliot interessiert.

Lucy kicherte. »Nehmen Sie mich auf den Arm?«

»Was weißt denn du schon?« fragte Elliot. »Du bist zehn Jahre. Ich glaube, ich muß dir ein paar Flausen austreiben.«

Paula schmiß ihre Serviette neben den Teller und stand auf.

So kriegt man sie am ehesten, dachte Elliot. »Es ist nach neun. Mach deine Schularbeiten.«

»Ich glaube, ich habe heute nichts auf«, sagte Lucy.

Paula nahm ihren und Lucys Teller und ging zum Abwaschbecken. Sie schien ihn überhaupt nicht zu sehen.

»Noch fünf Minuten«, bat Lucy. Und dann zu Elliot: »Erzählen Sie weiter. Wir hatten nie so gute Unterhaltung beim Essen.«

»Dann machte ich *Mittsommernachtstraum* im Fernsehen in Chicago. Er beobachtete das Kind und sah, wie konzentriert und interessiert es war. Ach, diese Mischung vollkommener Unschuld und aufblitzender Intelligenz. Ein hübsches Kind. Ein Mädchen, das er gern als Nichte oder Tochter hätte. »Ich hab' die Rolle gespielt, die Mickey Rooney im Film hatte.« Er sah sie fragend an.

»Puck!« kam es prompt von Lucy, die von sich selbst und von ihm hingerissen war.

»Also weiter! Danach bekam ich einen Anruf von dieser Produzentin in New York, die mich gesehen hatte. Sie fragte, ob ich rüberkommen will, um *Richard III.* off-Broadway zu spielen. Na, ziemlich weit weg vom Broadway.«

»Werden wir zur Premiere eingeladen?« fragte Lucy. Ihre Augen waren groß und glänzend, ein Spaghetti-Faden klebte an ihrem Kinn.

Elliot blinzelte ihr zu. »Möchtest du wirklich kommen?« Er sah zur Küche hinüber. »Sie auch? Dienstag abend.«

»Dienstag muß Lucy zur Abendschule«, sagte Paula von ihrem Abwasch. Sie drehte sich nicht mal um.

»Wir sind auch zu einer Premiere von Tony gegangen, obwohl ich Abendschule hatte«, jammerte Lucy.

»Ich habe nein gesagt.«

»Ach, Scheiße«, sagte Lucy. »Entschuldigung, ich meine: Verdammt!«

Paula warf ihr einen bitterbösen Blick zu.

Lucy stand auf. »Ich habe das Gefühl, ich kriege Ärger. Nacht.« Sie trug den Rest Geschirr in das Küchenabteil und lief sofort in ihr Zimmer.

Paula stand stumm mit hängenden Armen da, während Elliot vor sich hin starrte. Zwei Minuten vergingen. Elliot schniefte.

»Interessieren Sie sich für mein Schlafzimmer?« fragte Paula sanft wie ein Lamm.

Elliot fuhr herum. »Was?«

»Würde mein Schlafzimmer Sie interessieren?«

»Sprechen Sie zu mir?«

»Sie können das große Schlafzimmer für fünfzig Dollar mehr im Monat haben. Barzahlung sofort. Wir ziehen morgen in Ihres.«

»Sie meinen«, sagte Elliot betont langsam, »eine Mieterhöhung für etwas, was mir sowieso zusteht. Nein, vielen Dank. Und ich werde auch nicht Ihre Küche streichen, wenn das Ihr nächstes Angebot sein sollte.«

»Wären Sie dann vielleicht interessiert, mir fünfzig Dollar zu *leihen?*« fragte Paula und schluckte. »Ich zahle Ihnen entweder siebeneinhalb Prozent Zinsen oder wasche Ihre Wäsche. Sie können wählen.«

Elliot nickte. Eine verzweifelte Frau. »Sie haben sie wohl bis aufs Hemd ausgezogen, hm?«

»Jeder — von hier bis Italien«, antwortete Paula.

Jetzt ist es also soweit, dachte sie. Hier und jetzt erlebe ich *den* Tiefpunkt meines Lebens. Nicht damals, als Lenny mich fast erwürgte, auch nicht, als Bobby mich verließ oder Tony, auch nicht, als diese Schweine mir meine Tasche klauten — nichts war so schlimm wie dieser Augenblick. Ich krieche vor ihm auf dem Boden. Nicht für mich, ich würde lieber verhungern, sondern für Lucy. Ich bettele für sie.

Elliot war aufgestanden und holte Geld aus seiner Tasche. »Ich besitze ... achtundzwanzig Dollar und ein bißchen Kleingeld.« Die Frau muß mich für ein Biest halten. »Ich werde es mit Ihnen teilen. Und nach der Premiere bekomme ich zweihundertvierzig Dollar in der Woche. Ich mache Ihnen ein Angebot: Ich zahle für die Lebenshaltungskosten, bis Sie einen Job gefunden haben.«

Er beobachtete ihren Gesichtsausdruck. »Und ich wasche meine Wäsche selbst«, fügte er hinzu.

Paula nickte mißtrauisch. Für wen hielt er sie eigentlich? »Ich verstehe«, sagte sie unbeteiligt. »Und was wollen *Sie* dafür?«

Elliot sah sie weiter an und sagte dann aufrichtig: »Nur, daß Sie nett zu mir sind.«

»Ach, gehen Sie doch zum Teufel!« explodierte Paula. Siehst du, dachte sie, du hast doch ganz recht gehabt. Dieser Kerl ist ein Schmutzfink, ein Tier. Sie warf die Abwaschbürste ins Becken und lief ins Wohnzimmer.

Elliot ging ihr nach und sagte betont: »Würden Sie jetzt bitte genau zuhören, denn es ist vielleicht das letztemal, daß ich mit Ihnen spreche.«

Gut, dachte Paula.

»Nicht jeder Mann auf dieser Welt ist hinter ihrem herrlichen Körper her, meine Dame. Erstens ist er gar nicht so herrlich. Recht ordentlich, aber nicht so, daß ich davon träume.«

Paula preßte die Lippen zusammen, aber irgendwie schwand ihre Wut.

»Ich finde Sie nicht einmal besonders hübsch«, fuhr Elliot fort. »Vielleicht, wenn Sie manchmal lächeln würden — aber so nicht.

Natürlich will ich Ihr Verhalten nicht ändern oder Ihnen in Ihre Auffassung von Menschen reinreden.« Er ging um sie herum, daß er sie bei seiner Ansprache sehen konnte, aber sie wandte sich ab.

»Und Sie sind auch nicht die einzige Frau in dieser Stadt, die von einem Mann sitzengelassen wurde oder Pech hatte. Ich selbst habe nicht allzuviel Glück. Ich bin zwar ein begabter, leidenschaftlicher Schauspieler ...« Seltsam, warum hörte sie ihm eigentlich immer noch zu? »... ich liebe meinen Beruf. Und wegen eines geistig arthritischen Regisseurs muß ich aus einer der größten Rollen eine Art doppelte Portion kalifornischen Obstsalats machen! Wenn ich nett sage, meine ich *nett.*«

Paula wußte sehr genau, warum sie dastand und seine Schimpfkanonade anhörte. Sie hatte einen Fehler gemacht. Ein voreiliges Urteil gefällt, nur weil sie schlechter Laune war. Und es war nur recht und billig, daß sie dafür zahlen mußte. Der Mann hatte recht, so zu ihr zu sprechen.

»Anständig, vernünftig«, sagte Elliot. »Das meine ich mit ›nett‹. Fair! Ich verdiene das, weil *ich* nett, hilfsbereit und freundlich bin. Ich habe keine Lust auf Sie, auch wenn Sie mir, eingebildet wie Sie offenbar sind, das unterstellen. Ich will Sie nicht mal morgens sehen.« Er machte eine kleine Pause und sprach dann ruhiger weiter. »Nur eines spricht für Sie, Paula: Lucy. Lucy ist es wert, daß ich Sie ertrage, Paula. Er warf Geld auf den Tisch. »So, hier sind vierzehn Dollar für Pflege und Ernährung dieses fabelhaften Kindes. Sie kriegen nichts.«

Paula spürte Tränen in ihren Augen. Sie wollte etwas sagen, aber sie brachte kein Wort heraus.

»Und wenn Sie Geld brauchen, borgen Sie es sich von Ihrer zehnjährigen Tochter.«

Paula nickte.

Elliot fühlte sich leer. »Ich gehe jetzt in mein Zimmer und werde versuchen, die Feindseligkeit gegen Sie wegzumeditieren. Aber ich habe wenig Hoffnung, daß es möglich ist.« Er ging in sein Zimmer und warf die Tür hinter sich zu.

Das Schuljahr war fast zu Ende, trotzdem konnte Lucys Lehrerin sich immer noch keinen Namen merken. Sie war altmodisch,

Mrs. Fanning, immer mit einem Schal um die Schultern und Schnürschuhen an den Füßen. Wenn Sie ein Kind aufrief, sagte sie einfach ›Junge‹ oder ›Mädchen‹, und wenn sie sich nicht ganz sicher war, einfach ›Kind‹. Ihr war alles zuviel geworden, und am liebsten wäre sie in Pension gegangen. Aber noch konnte sie sich keine Ruhe leisten. Und so tat sie das naheliegende: nämlich nichts. In ihrer einundvierzigjährigen Laufbahn hatte sie genügend Lehrmaterial angesammelt, um es immer wieder zu verwenden. Am wichtigsten war ihr, daß die Kinder ruhig waren und sie nicht ärgerten.

Es war zwanzig vor drei Uhr, und Lucy flüsterte ihrer Freundin Cynthia Fine zu. »Bist du mit deiner Arbeit fertig?«

»Du meinst, die über Venezuela?«

Mrs. Fanning hatte die Klasse in Gruppen aufgeteilt, und jede mußte einen Aufsatz über ein anderes Land schreiben. Wenn sie fertig waren, lasen sie die Arbeiten vor, so daß die anderen Gruppen eine Art Unterricht vermittelt bekamen. Und sie hatte keine Arbeit.

»Ja«, sagte Cynthia Fine. »Nur scheint mir, daß die Leute da nichts zu tun haben. Öl und Eisen gibt's da, sonst kann ich nichts finden. Damit kriege ich nur eine halbe Seite voll.«

»Du!« sagte Mrs. Fanning, »Du, Mädchen! Hör auf zu reden.«

Cynthia und Lucy senkten die Köpfe. Nach einer Minute sah Mrs. Fanning nicht mehr zu ihnen herüber, und Cynthia sagte: Was macht Elliot?«

Lucy blinzelte. »Ach, er ist nicht übel. Nur gestern abend war er sehr wütend.«

»Auf dich?«

»Nein. Meine Mutter.«

»Weshalb?«

»Weiß ich nicht genau. Ich konnte nicht alles verstehen, was er zu ihr gesagt hat. Irgendwas von ›sie soll nett zu ihm sein‹, und dann würde er auch zu ihr nett sein.«

»So, so.«

»Aber sie wollte nicht«, erklärte Lucy.

»Warum denn nicht? Du sagst doch, er ist super.«

»Keine Ahnung. Meine Mutter spinnt manchmal.«

Um drei schrillte die Glocke. Mrs. Fanning hielt die beiden Mädchen an der Tür fest. »Jede von euch schreibt bis morgen fünfhundertmal: ›Ich darf in der Klasse nicht reden‹. Habt Ihr eine Frage? Zum Beispiel, warum ich gerade euch beide ausgewählt habe?«

Die Kinder schüttelten die Köpfe.

»Gut«, sagte Mrs. Fanning.

Sie verließen das Klassenzimmer.

»Meine Mutter bringt mich um, wenn sie das erfährt«, sagte Cynthia.

»Mach's doch wie ich«, sagte Lucy, »sag ihr nichts.«

Als sie die Stufen von der Schule zur Straße hinuntergingen, fuhr ein Taxi vor und hielt.

Paula steckte den Kopf aus dem Fenster. »Lucy, Lucy!«

»Entschuldige mich«, sagte Lucy zu Cynthia. »Das ist meine Mutter.«

Das bedeutet entweder was sehr Gutes oder sehr Schlechtes, dachte sie, als sie die Wagentür aufmachte.

»Steig ein«, sagte Paula.

»Wie kommst du denn in ein Taxi?« fragte Lucy. Sekundenlang dachte sie, ob sie wohl schwanger ist und mit 'ner Fehlgeburt ins Krankenhaus muß?

»Nun steig doch ein«, drängte Paula.

Sie zerrte Lucy neben sich auf den Rücksitz.

»Was ist denn los, kidnappen Sie die Kleine?« fragte der Fahrer.

»Nenn mir irgendwas, das du haben willst!« sagte Paula aufgeregt und übermütig.

»Bist du schwanger?«

»Was? Also vernünftig, sag irgend was. Irgend was.«

Lucy starrte sie an.

»Ein Kleid. Ein Mantel«, fuhr Paula fort. »Ohrringe, Armreifen, was dir einfällt. Sag es.«

Lucy traute dem Ganzen nicht. »Du meinst, ich habe einen Wunsch frei?« Sie überlegte. »Ich möchte die Lichee-Ente bei Sun Ming«, sagte sie schließlich.

»Nichts Verrücktes«, sagte Paula. »Such dir was Normales.«

»Oh? Mam.«

»Normal.«

»Na ... Okay. Dann die größte Schokoladen-Nachspeise bei Serendipity.«

»Sonst nichts? Keine Lederstiefel?« fragte Paula.

»Also, was für eine Show ist es?« fragte Lucy. Ihr Mund war voll warmer, geschmolzener, sahniger Schokolade mit gehackten Mandeln und Vanille-Eis. »Ein Mus ... Musical?«

»Es ist keine *Show*-Show«, erklärte Paula. »Es ist eine Auto-Show.«

»So was hab' ich noch nie gehört«, sagte Lucy und streichelte sich den Bauch.

»Sie stellen ihre neuen Autos aus. Und ich stehe auf einer Art Drehscheibe neben dem entzückendsten kleinen Sportwagen.«

»Wo ist das?«

»Im Coliseum.«

»Du meinst, du hilfst den Leuten, die mit ihren Autos angeben?«

»Nein, denen, sie sie verkaufen wollen. Und dazu trage ich das typische amerikanische Kostüm: Blauer Blazer, weißer Rock und eine rote Bluse.«

»Was für ein Auto?«

»Ein Subaru.«

»Kenn' ich nicht.«

»Ist ein japanischer Wagen.«

»Warum ziehst du dich dann typisch amerikanisch an?«

»Weil mich was Japanisches nicht kleidet«, sagte Paula. »Jedenfalls stehe ich da und sage ... wo ist der Zettel?«

»Das sagst du?«

»Sei nicht vorlaut«, murrte Paula und kramte in ihrer Tasche, einer großen, alten, abgeschabten schwarzen Tasche, die früher mal ihrer Mutter gehört hatte. Es war die einzige, die sie nach dem Raub noch besaß. Endlich fand sie ein Blatt Papier und las vor: »Mit dem neuen SEEC-T-Motor ist der Subaru um neunzehneinhalb Prozent wirtschaftlicher geworden und bricht damit alle Rekorde.«

Lucy sah sie über ihrem hohen Becher erstaunt an. »Klingt ja wie eine sehr spannende Show«, sagte sie spöttisch.

Paula kannte diesen Tonfall. »Vierhundert Dollar in der Woche sind sehr spannend.«

»Mir ist nicht gut«, sagte Lucy.

»Wirklich?«

Lucy schüttelte den Kopf.

»Vielleicht solltest du nichts mehr von dem Zeug essen.«

»Das hab' ich schon nach dem ersten gesagt«, winselte Lucy. In ihrem Magen rumorte es.

Paula lehnte sich zu ihr hinüber. »Tut mir leid, Baby. Ich wollte dir doch nur etwas besonders Gutes gönnen. Es ist schon so lange her ...«

»Ich hätte mir doch die Stiefel wünschen sollen.«

Sie gingen langsam nach Hause. Paula stützte ihre Tochter, die sich alle zehn Schritte krümmte. Sie warteten, bis der Schmerz vorbei war, und gingen dann weiter.

»Ich kann mir nicht vorstellen, daß das nur von der Schokolade mit Eis kommt«, sagte Paula. »Irgend was steckt schon länger in dir. Vielleicht waren die Sardinen neulich nicht gut?«

»Ich hab' keine Ahnung«, sagte Lucy und stöhnte. »Aber was auch in mir steckt, will jetzt raus.«

»Nur noch einen Block«, sagte Paula. »Mußt du aufs Klo?«

»War ich schon zweimal.«

»Tut dir der Bauch weh?«

»Und die Brust«, rülpste Lucy.

Paula hätte gern Lucys Schmerzen ertragen. Sie dachte daran, daß sie vor Jahren eines Nachts pausenlos hatte brechen müssen, und nach dem neunten- oder zehntenmal hatte Bobby ein Taxi geholt und sie zur Unfallstation im Bellevue gebracht. Sie hatten fast zwei Stunden gewartet, während Menschen mit blutenden Kopfwunden und mit halb abgetrennten Armen oder Beinen versorgt worden waren. Endlich hatte sie ein indischer Arzt untersucht und ihr einen Löffel voll grüner Flüssigkeit gegeben.

»Das beruhigt Ihren Magen«, hatte er mit schneidender Stimme gesagt.

Auf der Rückfahrt hatte Paula sich wieder übergeben müssen.

»Ist was rausgekommen?« hatte Bobby gefragt.

»Nur die grüne Flüssigkeit«, hatte Paula erklärt.

Als sie Lucy endlich oben hatte, gab sie ihr ein Schlafmittel und brachte sie sofort ins Bett. »Leg dich auf die Seite und versuche zu schlafen. Das ist das Beste für dich.«

Wenn sie morgen noch krank ist, kann ich sie nicht alleinlassen und zur Ausstellung gehen, dachte sie. Na, und. Das viele Geld geht sowieso nicht in meine Brieftasche.

8

Elliot saß im Schneidersitz auf dem Bett und studierte seinen Text. Eigentlich war es interessant, wie es ihm gelungen war, sein Leben in einer Geschwindigkeit von siebzig Meilen pro Stunde in einen tiefen Strudel zu ziehen. Je länger er an *Richard III.* arbeitete, um so näher kam er dem Untergang. Damit aufzuhören würde bedeuten, daß er zwar keine miserablen Kritiken, dafür aber in dieser Stadt nie mehr einen Job bekam. Es gab keinen Ausweg. Er rutschte unruhig hin und her und fühlte eben, wie seine Jeans im Schritt aufrissen, als jemand an die Tür klopfte.

»Was ist los?« Er stand auf und ging zur Tür.

»Störe ich?« fragte Paula. Ihre Augen waren groß und ihre Stimme sanft.

»Ja«, erwiderte Elliot.

»Tut mir leid«, sagte Paula.

»Dann stören Sie mich eben nicht.«

»Kein Grund, mich anzublaffen.«

»Ich hab' Sie nicht angeblafft. Ich war sarkastisch. Blaffen ist: ›Hau ab, ich hab' zu tun!‹ Kleiner Unterschied, kapieren Sie?«

Paula meinte, seine Stimme sei höher geworden, er sprach so schnell. Der leise Spott, die liebenswürdige Ironie waren verschwunden.

Sie fragte: »Was ist los?«

Er lehnte sich an den Türrahmen. »Was ist los, fragt sie. Treten Sie mal morgen abend vor allen New Yorker Kritikern als Richard III. mit einem hellgrünen Buckel auf.«

Paula biß sich auf die Lippen. Es wäre nicht so gut, wenn sie jetzt lachte.

»Und mit 'ner purpurfarbenen gelähmten Hand mit rosa lakkierten Fingernägeln! Was ist los? Das ist los!« Elliot fragte sich, ob sie wohl den Riß in seiner Hose bemerkte. Warum erschien diese Frau bloß immer in den unmöglichsten Augenblicken? »Ich versuche erfolglos, das Begräbnis meiner Karriere zu verhindern. Das ist los!«

»Oh«, sagte Paula.

»Was wollen Sie denn nun wirklich? Warten Sie, ich weiß schon. Ich hab' von Ihrer Erdnußbutter genascht, dabei ging der Alarm los, und jetzt ist die Polizei auf dem Weg hierher, um mich zu verhaften. So ist's doch? Aber ich sag' Ihnen was! Ich zahle, ich zahle! Was schulde ich Ihnen für eine Messerspitze voll von dem klebrigen Zeug?«

Paula wurde nicht im geringsten wütend. »Ich wollte Ihnen nur Ihre vierzehn Dollar zurückgeben. Hier.« Sie nahm die Scheine, hob seine Hand und legte sie ihm in die Handfläche.

»Wieso, was, ich . . .«

»Ich habe einen Job«, setzte sie hinzu. »Und ich wollte auch noch fragen, ob Sie mir nicht zufälligerweise mit Bicarbonat aushelfen können. Meins ist alle, und Lucy ist so schlecht.«

»Was fehlt ihr?« fragte Elliot.

»Ich bin nicht so sicher«, sagte Paula. »Sie hat zwei große Schokoladeneisbecher gegessen, und danach fing es an. Es ist meine Schuld; ich hab' sie ihr bestellt. Ich bin eine gräßliche Mutter.«

Elliot stöhnte: »Unglaublich. Nicht zu fassen.«

»Soviel hat sie früher auch schon verschlungen«, verteidigte sich Paula. »Na, vielleicht nicht zwei hintereinander . . .«

»Komisch, daß sich Kinder noch nicht gegen ihre Eltern versichern lassen können«, sagte Elliot, ging ins Zimmer zurück, nahm seine Gitarre und lief zu Lucy.

»Ist das Bicarbonat?« rief Paula hinter ihm her.

Lucy lag zusammengerollt im Bett, hielt sich den Bauch und stöhnte. Elliot setzte sich auf die Bettkante. Paula stand daneben.

»Lucy«, sagte Elliot mit warmer Stimme.

Lucy gab etwas Unverständliches von sich.

»Lucy, kannst du mich hören?«

»Nicht ihre Ohren sind krank.«

»Wo tut's denn weh, Lucy?«

»Hast du den *Exorzist* gesehen?« fragte Lucy zurück.

»Ihren Humor hat sie jedenfalls noch nicht verloren. Hör zu, Lucy, versuche dich mal zu entspannen.«

Paula schlug den Blick zur Decke. *Ich bitte um Bicarbonat, und was kriege ich? Entspannungsübungen.*

»Komm«, sagte Elliot und griff nach Lucys Füßen, um ihre Beine auszustrecken. »Lucy, versuche mal, dich auf den Rücken zu drehen. Nicht verkrampfen.«

Lucy blieb zusammengekrümmt liegen. Sie zitterte.

»Du vertraust mir doch, ja?«

»Ich hab' heute schon meiner Mutter vertraut«, sagte Lucy, »und das ist der Erfolg.«

Elliot warf Paula einen bösen Blick zu, dann streichelte er Lucy übers Haar. »Komm, du mußt es versuchen. Je mehr du dich verspannst, um so größer wird der Schmerz. Dreh dich um ... so, so ist's gut. Flach auf dem Rücken liegen. Und nun atme ganz tief und langsam. Ja, fein. Langsam, tief atmen, langsam, tief.« Er wandte sich zu Paula um. Kommen Sie mal näher.«

Sie setzte sich auf die andere Seite des Bettes.

»Passen Sie auf«, flüsterte er.

Mit der flachen Hand machte er sanfte, kreisende Bewegungen auf Lucys Bauch.

Ein Medizinmann, dachte Paula, gleich fängt er an zu tanzen.

»Siehst du, es wird schon besser, der Schmerz läßt nach, du wirst ganz ruhig, Lucy.« Er sah zu Lucy hinüber. »Glauben Sie, daß Sie das können?«

Paula nickte und legte ihre Hand auf Lucys Leib. Elliot legte seine Finger über ihren Handrücken und bewegte sie in weiten Kreisen. Seine Berührung war warm und beruhigend.

Dann nahm er seine Gitarre. »Nicht aufhören zu massieren. Lucy, mach die Augen zu. Hören Sie, wie tief und gleichmäßig sie schon atmet?«

Er lehnte sich ans Fußende des Bettes und fing an, leise Gitarre zu spielen. Paula versuchte, ihre Bewegungen dem Rhythmus anzupassen. Der Mann ist verrückt, dachte sie. Er bildet sich ein, der Dorfheilige zu sein. Gleich wird er mich losschicken, die Wurzeln irgendeiner Pflanze und das Gehirn einer Fledermaus zu holen. Lucy stöhnte leise, während Paula weiter massierte und Elliot spielte. Allmählich entspannte sie sich völlig.

»Wie geht's dir?« fragte Elliot, ohne sein Spiel zu unterbrechen.

»Bißchen besser«, nickte Lucy.

»Ist das nicht besser als jede Medizin?« fragte Elliot.

»Schmeckt auch besser«, sagte Lucy und schlug die Augen auf. Vielleicht haben die beiden das miteinander ausgemacht, nur um mich zu beeindrucken, überlegte Paula.

»Wie laufen die Proben?« fragte Lucy.

»Bitte«, sagte Elliot, »ein Kranker reicht.«

Lucy gähnte. Ihre Worte kamen langsam: »Ich möchte so gern zur Premiere kommen ...«

Elliot sah Paula an. Die spielen ja ganz schön Theater, dachte sie.

»Mam?« fragte Lucy.

»Was denn, mein Kleines?«

»Du schuldest mir doch noch ein Geschenk ... das heute ging danebem. Können wir nicht hingehen?«

»Na, schön. Alles, was du willst.«

Lucy schloß zufrieden die Augen. »Super! Jetzt mußt du mir ein ...« Sie schlief mitten im Satz ein.

»Ich danke Ihnen«, flüsterte Paula.

Elliot sah nicht auf. Sie erhob sich und ging in eine Ecke des Zimmers. Mit dem Rücken zu ihm sagte sie sehr klar und deutlich: »Und das — gestern — das tut mir leid.«

Keine Antwort, nur ein leiser Akkord.

»Es war sehr großzügig von ihnen ... Ich bin an Freundlichkeit von Fremden nicht gewohnt. Ich weiß, sagen Sie es nicht — Blanche DuBois in *Endstation Sehnsucht*. Manchmal fühle ich mich ihr leider sehr ähnlich. Endlich traut man einem Mann, und dann muß ich vor Ende des Films das Kino verlassen.« Jetzt bloß nicht weinen, befahl sie sich, denn sie spürte, wie das Selbstmitleid sie überwältigte. »Wie auch immer ... es tut mir leid, einfach leid.«

Das Gitarrenspiel verklang. Aber sie drehte sich nicht um.

»Falls Sie zuhören ... dann sollen Sie auch wissen, daß das mein Versuch ist zu beweisen, daß ich ... nett ... freundlich und hilfsbereit sein kann.«

Keine Antwort.

Paula fuhr herum.

Elliot war eingeschlafen. Er sah sehr friedlich aus.

Paula ging zu ihm. »Mr. Garfield?«

Sie tippte ihm auf die Schulter. Die Berührung genügte, um ihn aufs Bett, direkt neben Lucy rutschen zu lassen, die Gitarre lag auf seiner Brust.

»Mr. Garfield, Mr. Garfield! Sie können nicht mit meiner Tochter schlafen.« Sie bemühte sich nicht zu schreien, weil sie Lucy nicht wecken wollte. »Mr. Garfield!« Nichts.

Entweder schläft er tatsächlich, oder er spielt mir mal wieder was vor.

Paula dachte ein Weilchen nach, dann drehte sie das Licht aus und verließ das Zimmer. Am liebsten hätte sie sich in Elliots Bett gelegt, so erschöpft war sie. Aber was ist, wenn er aufwacht und mitten in der Nacht in sein Zimmer kommt? Also beschloß sie, auf der Couch im Wohnzimmer zu schlafen. Sie warf die Schuhe ab, legte die Kissen zurecht und lehnte sich zurück. Man stelle sich vor, dachte sie, da schlafen die beiden in meinem Zimmer.

Am nächsten Morgen erwachte sie von dem sanften Singsang ›Om mommanomma . . .‹ aus der Küche.

Sie stand auf, reckte sich, strich sich das Haar glatt und ging in die Küche. »Morgen«, sagte sie zu Elliot, der offenbar mit seinem Ritual fertig war.

»Na«, sagte Elliot. »Morgen. Wie geht's, wie steht's? Was macht Lucy?«

»Weiß ich nicht«, sagte Paula. »Ich bin eben erst aufgestanden.«

»Heute früh schlief sie noch ruhig.«

»Ich sehe mal nach.«

Auf Zehenspitzen schlich sie in Lucys Zimmer. »Baby?« sagte sie zärtlich.

Lucy regte sich. »Ma?«

»Ja. Bist du wach?«

»Hmhm. Wo ist Elliot?«

»In der Küche. Wie fühlst du dich?«

»Besser als gestern.«

»Aber irgend was tut dir immer noch weh?« Sie legte ihre Hand auf Lucys Stirn. Sie fühlte sich kühl an.

»Nicht sehr. Vielleicht mein Bauch, 'n bißchen.«

»Hör zu, Kleines, wir wollen kein Risiko eingehen. Vielleicht hast du einen Virus aufgeschnappt. Du gehst heute nicht in die Schule. Morgen, wenn es dir besser geht.«

Lucy überlegte. Dann muß ich also nicht fünfhundertmal ›Ich darf in der Klasse nicht reden‹ schreiben. So hat sich ja alles zum Besten gewendet. Arme Cynthia. »Aber was wird mit deinem Job?«

»Ich rufe an und sage, daß ich krank bin«, sagte Paula. »Heute wird sowieso noch nicht viel los sein. Und nun schlaf weiter.«

Sie kam wieder in die Küche. »Sie ist ein bißchen schlapp, scheint mir«, erzählte sie Elliot, der sein Gesundheits-Frühstück löffelte. Ich behalte sie heute zu Hause.«

»Klingt vernünftig.«

Paula setzte Wasser auf, um sich ein Ei zu kochen. »Ich möchte Ihnen danken für das, was Sie ...«

»Pscht. Es war mir ein Vergnügen. Ich würde sogar für Sie dasselbe tun. Tut mir leid, daß Sie die ganze Nacht nicht in Ihr Bett konnten — das ist alles.«

»Das macht doch nichts.« Paula sah zu, wie ihr Ei kochte. »Wenn ich jetzt noch den Mut habe, mich bei meinem Job krankzumelden, wäre alles in Ordnung.«

»Soll ich das machen?« fragte Elliot.

»Was?«

»Für Sie anrufen?«

»Aber, das geht doch nicht ... ach ... würden Sie das tun?«

»Wenn ich's vorschlage. Klar.«

»Das wär' natürlich viel besser. Es fällt mir immer so schwer, krank zu *klingen*, wissen Sie?«

»Kein Problem. Wie ist die Nummer?«

»Augenblick. Da, da auf dem Zettel neben dem Telefon steht sie.«

Elliot wählte. »Nach wem muß ich fragen?«

»Mr. Ishiburo.«

»*Wie* heißt der?«

»Ishiburo. Es sind Japaner.«

Elliot nickte. Es läutete zweimal, dann antwortete eine weibliche Stimme. »Mr. Ishiburo, bitte«, sagte Elliot mit fester Stimme.

Ob er sich wohl als mein Mann ausgibt, überlegte Paula.

»Hallo?« sagte Elliot. »Mr. Ishiburo? Ja. Hier spricht Doktor Garfield. Ich bin der Arzt von Paula McFadden.«

»Wer?« fragte Ishiburo.

»McFadden. Eins Ihrer Mädchen bei der Show.«

»Ah, die Show. Ja?«

»Sie kann heute nicht kommen. Sie ist wegen einer unterschwelligen subinguinalen Blastosis in Behandlung, und ich habe ihr empfohlen, heute im Bett zu bleiben. Sie sollte bis morgen wieder wohlauf sein.«

»Ah. Ja. Danke, Doktol. Wil sehen sie molgen.«

Elliot legte auf, und Paula lachte. »Doktor Garfield. Fabelhaft.«

»Ich fürchte, das eben hat die Vorstellung heute abend bei weitem übertroffen«, sagte Elliot. »Sie kommen doch? Ich habe zwei Karten für Sie.«

Sie lachte immer noch. »Vorausgesetzt, daß sich meine subinguinale Blastosis bis dahin bessert. Und vor allem, wenn es Lucy gut geht.«

»Lucy wird es gutgehen«, sagte Elliot überzeugt. »Das garantiere ich Ihnen. Was Sie angeht, rate ich — nehmen Sie keine Roten Bete zu sich.«

»Eß ich nie.«

Elliot lächelte süß. »Dann sehe ich kein Problem.«

Wie immer zitterte er auch heute am ganzen Körper. Es passierte jedesmal, bevor er auf die Bühne mußte — aber so schlimm wie heute war es noch nie gewesen. Nervös ja, Lampenfieber — aber immer zuversichtlich. Heute jedoch war er nervös und *ängstlich*. Durch das Loch im Vorhang besah er sich das Publikum. Die Kritiker in der ersten Reihe, plaudernd und im Programm blätternd. Er erkannte Clive Barnes und Richard Wattes. Dann suchte er erfolglos nach Paula und Lucy. Das Theater war dreiviertel voll. Vielleicht waren sie noch nicht auf ihren Plätzen. Er spürte eine Hand auf seiner Schulter und drehte sich um.

»Du zitterst ja«, sagte Rhonda.

»Ich trimme nur meine Haut«, erklärte Elliot mit einem schwachen Grinsen.

»Es wird alles prima laufen.«

»Na, klar doch. Weiß ich. Mark hat mir x-mal klargemacht, alles was er tut, tut er bewußt. Glaubst du das etwa?«

»Du kennst mich, Elliot. Ich glaube alles.«

Der Zuschauerraum wurde dunkel.

Ziemlich weit hinten suchten Paula und Lucy ihre Plätze. Viele Zuschauer mußten aufstehen, um sie durchzulassen.

»Entschuldigung, bitte! Verzeihung. Pardon.«

Sie setzten sich und öffneten ihre Programme.

»Fein, daß es noch nicht angefangen hat«, sagte Lucy. »Ich hoffe, es ist was Komisches. Mit viel Musik. Ist es eine Komödie?«

»Es ist Shakespeare«, flüsterte Paula.

Lucy schlug ihr Programm zu. »Laaaannngweilig!«

»Schscht!«

Ein Scheinwerfer erhellte die Mitte der Bühne. Paula merkte gar nicht, daß sie den Atem anhielt.

Elliot als Richard. Er humpelte ein paar Schritte, blieb stehen. Er war krumm *und* hatte einen Buckel — und sein Kostüm schimmerte grell. Er lächelte ins Publikum, hob eine Augenbraue und ließ den Blick von rechts nach links schweifen. Er schürzte die Lippen.

> »Nun ward der Winter unsers Mißvergnügens ...
> Glorreicher Sommer. Durch die Sonne Yorks
> Die Wolken all, die unser Haus bedräut
> Sind in des Weltmeers tiefem Schoß begraben.«

Ich fange ja jetzt schon an zu sterben, dachte er.

Die meisten Zuschauer starrten ihn mit offenem Mund an. Paula schlug die Lider herunter. *Der arme Mann.*

»Er redet wie der Kerl, der dir die Haare macht. Wie heißt er noch?« flüsterte Lucy.

»Mr. Bernie«, sagte Paula.

»Ja, den mein' ich.«

»Er klingt schlimmer«, meinte Paula.

Elliot sprach weiter — aber er sprach schnell, um es hinter sich zu haben.

»Nun zieren uns're Brauen Siegeskränze,
gewunden von manch schöner Hand —
die schart'gen Waffen hängen als Trophä'n ...
Aus rauhem Feldlärm wurden munt're Feste.«

Es ging weiter und weiter. Schon ehe der erste Akt zu Ende war, hörte Elliot das Publikum flüstern, mit Papier rascheln, unruhig werden.

Er wartete nach seinem ersten Auftritt hinter der Bühne. Neben ihm stand der Schauspieler, der Ratcliffe spielte.

Mark Bodine hastete an ihnen vorbei. »Großartig«, flüsterte er laut hörbar. »Einmalig.«

»Hast du das gehört?« fragte Elliot. »Ich bin einmalig.« Dann hörte er sein Stichwort und humpelte auf die Bühne.

Die Zeit verging wie in einem bösen Traum. Seine Lippen formten Sätze, die er kaum vernahm. Einmal schüttelte er den Kopf wie ein Mann, der Wasser im Ohr hat. Und plötzlich fand er sich im dritten Akt. Er trug hautenge fuchsienrote Hosen — wann hatte er die bloß angezogen? — und einen blaßgelben Wams. Die Schauspieler, die Lovel und Ratcliffe darstellten, hielten einen großen Teller mit einer Melone, die von einem Handtuch bedeckt war und Hasting's Kopf sein sollte.

»Sei ruhig! ... Freunde sind's, Ratcliffe und Lovel!«

Er lüftete das Handtuch und betrachtete die Melone. Auf seiner Stirn bildeten sich Schweißperlen.

»Ich hielt ihn für das redlichste Geschöpf.

Das lebt' auf Erden unter Christenseelen.«

Der Mann neben Lucy stand auf und schob sich durch die Reihe zum Ausgang. »Entschuldigung. Verzeihung. 'Tschuldigung.«

Lucy, die eben eingenickt war, sah erschreckt auf. »Ist es aus? Ist das Stück schon zu Ende?«

»Für mich schon«, sagte der Mann.

Lucy sah sich um. Ein Drittel des Publikums war längst gegangen. »Wo sind die Leute?« fragte sie Paula.

Paula sah auf ihre Armbanduhr. »Viele Leute gehen früher, weil sie noch was vorhaben. — Dabei fällt mir ein. Hast du deine Schularbeiten gemacht? Ich hoffe doch sehr!«

»Ich kann mich überhaupt nicht erinnern. An gar nichts«, sagte Lucy und bemühte sich verzweifelt, ihre Augen offen zu halten. Auf der Bühne erschallten Trompeten, Trommeln grollten, aber selbst dieser Lärm konnte sie nicht wachhalten. Sie lehnte ihren Kopf an Paulas Schulter und schlief ein. Als sie später wieder zu sich kam, hörte sie die letzte Zeile von Catexby.

»Rettet Euch, mein Lord, sonst ist der Tag verloren!«

Elliot hinkte auf die Bühne. Diesmal trug er eine Art Uniform aus farbenfrohen säuberlichen Lumpen.

»Ein Pferd! Ein Pferd! Mein Königreich für ein Pferd!«

Jetzt stand ein Mann in der ersten Reihe auf. »Das würde ich auch für ein Taxi geben«, sagte er zornig zu seinem Nachbarn und trampelte hinaus. Wer seine Worte gehört hatte, kicherte erleichtert.

Endlich war das Stück zu Ende. Eine Gnade. Die Schauspieler kamen, einer nach dem anderen, vor den Vorhang und verbeugten sich. Elliot kam als letzter. Der Applaus war — mit Ausnahme von Lucys — höflich, aber kurz. Dann erhoben Paula und Lucy sich mit dem Rest des Publikums.

»Können wir hinter die Bühne gehen und Elliot begrüßen?«

»Ich ... ich habe so ein Gefühl, als ob er lieber allein wäre.«

»Und ich glaube, er weiß, daß wir es mistig fanden, wenn wir nicht zu ihm gehen!«

»Na, gut«, sagte Paula. »Aber versuch' bitte taktvoll zu sein.«

»Was ist taktvoll?«

»Lügen«, sagte Paula.

Sie suchten die Garderoben. Was sie fanden, waren keine Garderobenräume, sondern Zellen, die durch Bettlaken voneinander abgetrennt waren. Mark Bodine hüpfte von einem zum anderen, schüttelte die Hände, dankte irgendwelchen Leuten, die irgend etwas zu ihm sagten, und blieb vor einer Frau um die Vierzig stehen.

»Wunderbar. Einfach wunderbar, Mark«, sagte die Frau ohne eine Spur von Begeisterung.

Bodines Gesicht erhellte sich. »Findest du es wirklich *wunderbar*, wirklich wunderbar?«

»Es war ...« die Frau zögerte, »... interessant. Recht interessant.«

»Mein Gott«, schrie Mark Bodine. »Alle mal herhören! Meine Mutter fand es schön! Meine Mutter fand es wunderbar, hört Ihr?«

Er küßte die Frau schmatzend auf die Lippen und hüpfte dann weiter. Ein vierzehnjähriges Mädchen hielt ihn am Arm fest. »Sind Sie der Regisseur?«

»Ja.«

»So. Ich habe eine Frage. Wäre eine nicht-lineare Interpretation nicht organischer als Ihre Perspektive?«

»Möglich, möglich«, sagte Bodine und trocknete sich die Stirn. »Ich hatte die Perspektive von — hinter der Bühne.«

Er hüpfte weiter, Kußhände werfend und küßte Paula leicht auf die Wange. »Ich danke Ihnen«, sagte er überschwenglich. »Wir sind alle schrecklich aufgeregt. Und ohne euch wäre dieser Erfolg nicht möglich gewesen.« Er tätschelte Lucys Kopf und hüpfte weiter.

»Er muß mich verwechselt haben«, sagte Paula, nahm Lucy an die Hand und ging zu einem Laken, an den ein Zettel mit *Elliot Garfield* geheftet war. Sie wollte klopfen, aber dann besann sie sich und rief: »Hallo?«

Keine Antwort.

»Hal-looo? Hallo? Mr. Garfield. Wir sind's. Lucy und Paula. Hallo!«

Sie warteten ein Weilchen, bis das Laken endlich beiseite geschoben wurde. Elliot stand da — halbnackt bis zur Taille. Er sah aus, als wollte er in Tränen ausbrechen. Er bemühte sich um ein winziges, verschwörerisches Lächeln.

»Ich fand es pfundig«, sagte Lucy.

Elliot nickte düster.

»Zuerst dachte ich, es wird langweilig«, erzählte Lucy unbeirrt weiter. »Aber fast am Schluß, da hab' ich alles mitgekriegt.«

Elliot schwieg.

»Schon gut, Lucy«, sagte Paula und sah Elliot an. »Wir wollen Sie nicht aufhalten. Wir wollten Ihnen nur für die Karten und den reizenden Abend danken.

Elliot nickte immer noch.

Paula schob ihre Hand unter Lucys Arm. »*Komm schon*, Lucy. Gute Nacht, Mr. Garfield.«

Elliot sah ihnen nickend nach. Es war ihm unmöglich, ein Wort herauszubringen. Draußen — aber immer noch nicht weit genug von Elliot entfernt, sagte Lucy: »Na ja, es ist schließlich nicht *seine* Schuld. Es ist einfach ein mistiges Stück.«

9

Zwanzig Minuten später, als fast alle gegangen waren, erschien Rhonda in seiner Zelle. Elliot war inzwischen angezogen. Er starrte an die Decke.

»Mark gibt in seinem Apartment eine kleine Party«, sagte Rhonda. »Ich vermute, du willst nicht hingehen.«

»Nein«, sagte Elliot.

»Hast du Lust auf einen Kaffee?«

Elliot schüttelte den Kopf. »Ich glaube nicht.«

Sie trat hinter ihn und fing an, seine Schultern zu massieren. »Wie geht's deinem Rücken?«

»Wem? Ach so. Gut. Gut. Das hast du damals prima hinbekommen.« Er tätschelte ihre Hand.

»Willst du auf einen Kaffee zu mir kommen? Ich könnte — es ja noch mal tun.«

Elliot tätschelte immer noch ihre Hand. »Rhonda, du bist ein schönes, bezauberndes Mädchen, und dein Angebot eben war das Beste, das ich seit Jahren bekommen habe.« Er schloß die Augen. »Aber heute wird es bestimmt kein sehr schöner Abend für mich.« Und für dich auch nicht, dachte er. *Begreifst du nicht?* »Ich bin heute keine sehr nette Gesellschaft für dich.«

Rhonda atmete tief auf. »Elliot, es ist nicht das Ende der Welt. Nicht dein Spiel war schlecht — nur Marks Konzeption.«

»Die Kritiker werden wohl kaum diesen feinen Unterschied machen.«

»Es ist doch nur ein Stück.«

Sie machte alles nur viel schlimmer. Sie verstand nicht, wie tief ihn der Mißerfolg getroffen hatte.

»Rhonda ...«

»Okay, okay. Hör zu: ich habe begriffen.« Sie küßte ihn leicht auf die Wange. »Du hast meine Telefonnummer, El. Ruf mich einfach an, wenn ich irgend was tun kann, damit du dich besser fühlst. Sonst — bis morgen.« Sie ging zum Laken.

»Rhonda ...« Sie blieb sofort stehen. »Du bist ... ein wunderbarer Mensch. Wirklich, wunderbar.«

Sie lächelte und ging.

Elliot fuhr mit der Untergrundbahn zum Times Square, lief ungefähr vierzig Minuten ziellos herum und ging schließlich in eine Bar an der 53rd Street. Eine Rock-Band machte unmenschlich laute Musik, und verschiedene Paare verrenkten sich in jedem nur denkbaren Tanzstil auf der winzigen Tanzfläche. Elliot kämpfte sich den Weg durch die Menschen zur Bar, wo es auch keinen freien Hocker gab. Grelles Licht in schreienden Farben zuckte wild im Rhythmus zur Musik. Elliot konnte das Schlagzeug in seiner Brust spüren.

Der Barkeeper rief ihm zu: »He, Sie.«

»Scotch rocks«, sagte Elliot. »Einen nach dem anderen. Wenn das Glas leer aussieht, füllen Sie es.«

Der Bartender griff nach einer Flasche und goß die bernsteinfarbene Flüssigkeit in ein Glas.

»Eins-sechzig. Sie zahlen sofort.«

»Sehr vernünftig«, sagte Elliot und warf das Geld auf die Theke.

Nach seinem dritten Glas wurde ein Hocker frei. Nach seinem fünften setzte sich eine Frau neben ihn. Krauses Haar, die Lippen zu voll, sehr klein, enger Rock und hohe Absätze.

»Hallo«, sagte sie.

Elliot nickte gedankenverloren.

»Wie geht's dir heute nacht?«

»Wunderbar. Ich habe das Gefühl, gerade heute ein neues Leben anzufangen.«

Die Frau lächelte. »Wenn du dich jetzt gut fühlst, kann ich dafür sorgen, daß es dir noch besser geht.«

»In der Tat?« fragte Elliot und winkte dem Barkeeper, damit er ihm noch einen Whisky einschenken sollte. Seine Wangen fühlten sich bereits taub an.

»Ja«, sagte die Frau. »Ich bin eine Dame der Freuden.« Sie lachte schrill.

»Ich bin Schauspieler«, sagte Elliot. »Ich meine, ich *war*.«

»Für eine gewisse Summe können Sie meine Gesellschaft haben.«

»Ich wußte ja gar nicht, daß Sie eine Gesellschaft besitzen«, sagte Elliot. Ihm war schwindlig. »Augenblicklich bin ich an einer Gesellschaft nicht sehr interessiert. Ich ziehe Dividenden vor.« Er kicherte.

Die Frau glitt von ihrem Hocker und sagte böse: »Bis dann, Geizhals.«

»*Au revoir, ma chère,*« erwiderte Elliot.

Paula und Lucy schliefen fest. Paula befand sich im Traum in einem Warenhaus und unterhielt sich mit einem sehr gutaussehenden Verkäufer in der Parfümerie-Abteilung.

»Ist es nicht recht ungewöhnlich«, sagte sie gerade, »daß ein Mann . . .«

Klirren! Irgend jemand muß etwas vom Regal gestoßen haben, dachte sie in ihrem Traum.

»He, was war das?« sagte der Verkäufer. Seine Stimme war plötzlich hoch und kindlich.

Paula fuhr auf und sah Lucy neben sich im Bett sitzen.

»Was war das?« wiederholte Lucy.

»Ich weiß nicht.«

Ein zweites Klirren drang aus dem Wohnzimmer, diesmal dumpfer. Paula stand auf, zog den Bademantel an und ging zur Tür. »Wenn ich in zehn Minuten nicht zurück bin, kommst du mit entsicherter Maschinenpistole.«

Das Wohnzimmer war dunkel. Auf Zehenspitzen ging sie zum Lichtschalter, holte tief Atem und knipste ihn an. Sie entdeckte eine zerbrochene Vase auf dem Fußboden und einen umgekippten Stuhl mit Elliot daneben. Er grinste.

»Oh schaurig Werk, die Vase brach!« sagte er. »Auch schuld' ich Euch zwölf Dollar und neununddreißig Cents plus Steuer.«

»Ist Ihnen nicht gut?« fragte Paula.

»Nicht nach dem Studium der *Times*«, sagte Elliot. »Haben Sie die *Times* gelesen?«

»Kann ich Ihnen 'ne Tasse Kaffee machen?« Sie wäre gern zu ihm gegangen und hätte ihm geholfen, aufzustehen; aber sie wußte nicht, wie er reagieren würde.

Elliot zog eine zerknautschte Seite der *Times* aus der Tasche und hielt sie dicht vor die Augen. Dann fing er an vorzulesen: Elliot Garfield erforschte Richard III. ... mit dem Ergebnis, daß er entdeckte, daß Richard Englands erster schlechtgekleideter Innenausstatter war.« Er schüttelte sich vor Lachen. »O Himmel, sehr *würzig* geschrieben, nicht wahr?«

Paula hob jetzt doch den Stuhl auf und kniete sich auf den Teppich, um die Stücke der zerbrochenen Vase aufzusammeln. Elliot setzte sich auf und holte aus der anderen Tasche eine Büchse Bier. Er riß sie auf, und einiges von dem Inhalt spritzte auf den Teppich.

»Na, na«, sagte Paula.

»'Tschuldigung.« Er setzte die Büchse an die Lippen und trank.

»Ich schere mich nie um Kritiken«, sagte Paula.

»Gut«, meinte Elliot. »Dann gehen *Sie* morgen abend für mich auf die Bühne.« Er kicherte wie ein Irrer. »Die *News*. Möchten Sie hören, was sie in der *News* schreiben?«

»Hören Sie, lassen Sie doch ...«

»Ich sag's Ihnen. Zitat: Es war uns bislang fremd gewesen, daß William Shakespeare den Wizard of Oz geschrieben hat. Elliot Garfield war eine ausgezeichnete böse Hexe aus dem hohen Norden. Mörderisch. Schlicht mörderisch.«

»Mr. Garfield ...«

»Damit bin ich ... gestorben.« Er versuchte aufzustehen, fiel jedoch wieder hin. »Ach was, ich war ja nur ein alberner kleiner Debütant.«

»Es gibt doch noch etwas anderes für Sie, davon bin ich überzeugt.«

»Ames in Jowa ... da muß man spielen. Da hat man seinen Durchbruch, ja in Ames, in Jowa ... wer da durchbricht ... der macht Karriere.«

Jetzt war es ihm gelungen, aufzustehen. Er schwankte auf seine Schlafzimmertür zu. Paula sah ihm schweigend nach, als er dahinter verschwand. Einen Augenblick später war er schon wieder da.

»Richard III. war ein Stinktier«, sagte er, »und Elliot Garfield verlieh ihm die Duftnote.«

Er schlurfte wieder ins Zimmer. Und dann hörte Paula einen

Fall, ein Stöhnen. Sie lief hinein und sah Elliot auf dem Fußboden ausgestreckt.

»Bin ich im Bett?« fragte er leise.

Paula kniete sich neben ihn. »Sie haben eine sehr gute feste Matratze im Bett.« Sie stützte ihn und half ihm auf die Füße. Er roch nach Alkohol. »Ich dachte, Sie geben Ihrem Körper keine unnatürlichen Dinge. Haben *Sie* das nicht gesagt?«

»Hab' ich auch nicht. Ich füllte sie in Richards Körper, versuchte unbedingt, den Kerl umzubringen.«

Er setzte sich aufs Bett.

»Warum versuchen Sie nicht lieber etwas zu schlafen?« schlug Paula vor.

»Ich danke Ihnen für Ihre Anteilnahme.«

»Die gilt auch den Möbeln«, sagte Paula. »Sie gehören nicht mir.«

»Sie denken wahrscheinlich, ich bin entmutigt?«

»Aber nein, warum?«

»Oder ich gebe mich geschlagen. Wegen vierzehn unwichtiger mieser Kritiken.«

Paula schüttelte den Kopf.

»Worauf du Gift nehmen kannst, Baby: ich bin geschlagen. Hin! Tot!«

Er stand wieder auf, stolperte über seine eigenen Füße und stemmte sich mit ausgebreiteten Armen gegen die Wand. Paula zog schnell die Gitarre weg, als er wieder zu taumeln begann.

»Nicht ins Wohnzimmer«, sagte sie hastig. »Hören Sie, dieses Wohnzimmer ist nicht für Stolpern gemacht. Alles geht da sofort kaputt. Und, hören Sie, Sie waren heute abend wundervoll! Wirklich. Ich verstehe was vom Theater, und Sie waren gut. Wenn ich's Ihnen sage.«

Er war schon im Wohnzimmer. »Was meinen Sie mit wundervoll? In elisabethanischer Zeit hätte man mich gelyncht. Ich war Frankenstein in Stratford-on-Avon. Ich war 'ne Zumutung. Großes Z ... großes U ... Mutung!«

»Es war eine interessante Interpretation.«

»Es war Scheiße! Haben Sie nicht ihre Gesichter gesehen, als ich auf die Bühne kam. Zweihundertundzehn Menschen sahen aus, als hätte man ihnen eben eine Spritze Novocain verpaßt. Ich will die Wahrheit hören.«

Mit überraschender Schnelligkeit schwankte er zu der zweiten Vase und hob sie hoch über den Kopf. »Die Wahrheit, verstanden? Sie sagen mir die Wahrheit, oder ich zerschmettere diese unschätzbar kostbare Neun-Dollar-Vase. War ich eine Zumutung ... oder nicht? SAGEN SIE DAS WORT! SAGEN SIE ES!«

Paula hatte Angst. Sie flüsterte kaum hörbar: »Ja, Sie waren eine Zumutung.«

Elliot schloß die Augen. »Him-mel!« schrie er. Dann leiser: »Himmel. So offen hätten Sie nicht zu sein brauchen.«

»Oh, tut mir leid. Stellen Sie bitte die Vase hin.«

Elliot streckte sie ihr hin.

Sie ging zu ihm und nahm sie ihm ab.

»Ich weiß, dann und wann hatte ich einen guten Augenblick. Etwa Auftritte und Abgänge.« Er ließ sich aufs Sofa fallen.

»Kann ich Ihnen wirklich nicht irgend etwas bringen? Vielleicht Ihr Körnerfutter mit Honig?«

»Nein, nein, lassen Sie mich nicht noch mal allein.« Elliot hob den Kopf und sah ihr in die Augen. »Einmal am Abend hat mir gereicht.«

»Ich bin ja hier. Und ich höre Ihnen zu.«

»Die Rolle ist mir auf den Leib geschrieben. Vor allem den Buckel spiele ich vorzüglich. Im Bus von Chicago hierher war ich besser als heute auf der Bühne.« Er schüttelte den Kopf. »Nun ward der Winter unsers Mißvergnügens«, sagte er ernsthaft, ohne zu lispeln, ohne Eitelkeit. »Glorreicher Sommer durch die Sonne Yorks. Die Wolken all', die unser Haus bedräut, sind in des Weltmeers tiefem Schoß begraben. Et cetera, et cetera, et cetera.«

»Das *ist* gut«, sagte Paula. Und sie dachte: Jesus, sie haben ihn heute abend wirklich ruiniert. Ihn kastriert. »Es ist wundervoll, ehrlich!«

»Ich danke Ihnen«, sagte Elliot. »Sie sind eigentlich gar keine so üble Person, wissen Sie.«

»Ich weiß.«

»Aber die *Zumutung* hat mich wirklich getroffen — zutiefst.«

»Ich weiß das auch, und es tut mir leid. Keine Ahnung, was da vorhin über mich kam. Ich muß wohl an etwas ganz anderes gedacht haben. Jedenfalls . . . Gute Nacht.« Sie knipste das Licht aus.

»Erzählen Sie Lucy nicht, was in der *Times* steht«, rief Elliot ihr schlaftrunken nach.

»Bestimmt nicht.«

»Oder in der *News.*«

»Nein.«

»Ach ja, hören Sie . . . wenn jemand fragt, ich gebe heute keine Autogramme.«

»Ich verstehe«, sagte Paula. Am liebsten wäre sie zu ihm gegangen und hätte ihn zärtlich auf die Stirn geküßt. Statt dessen drehte sie sich um und ging in ihr Zimmer. Sie dachte an ihn, so verloren nebenan, dachte an ihre Einsamkeit. Lucy . . . Sie zog den Bademantel aus und legte sich ins Bett. Sein Fehlschlag, ihr Zuhören . . . Und plötzlich fing sie an zu weinen. Schluchzend barg sie ihr tränennasses Gesicht im Kissen.

»Was ist passiert?« fragte Lucy.

»Nichts.«

»Warum weinst du denn?«

»Ich hab' den ganzen Tag noch nicht geweint. Hast du was dagegen?« Ihr Gesicht war verschwollen.

»Nein.« Sie drehte sich wieder auf ihre Schlafseite. »Ich finde, *so* schlecht war er auch nicht.«

Lucy aß eine Pizza und las die *Times,* während Paula ihr Haar kämmte. Draußen schien die Morgensonne vom wolkenlosen Himmel.

»Man muß immer wieder denjenigen mutigen Respekt erweisen, die versuchen Shakespeare neu zu sehen, ihn für unsere Zeit entdecken wollen. Und ihre Respektlosigkeit ist tole- tolerierbar.« Sie sah auf. »Was ist tolier-tolerierbar?«

»Das kann man entschuldigen, oder es ist entschuldbar.«

»Elliot und Mark Bodine gaben uns mit Richard III. weniger als eine Sommertheater-Aufführung von *Charley's Tante.*« Lucy legte die Zeitung hin. »Heißt das, es hat ihm nicht gefallen?«

Aus dem Nebenzimmer kam eine Stimme. »Der Mann hat noch zwei Monate zu leben; er ist ein Zyniker.«

Elliot erschien in der Tür. Er trug immer noch den Anzug vom Abend zuvor, unglaublich fleckig und zerknautscht. »Wer von euch beiden hat mir gestern meine Zunge am Gaumen festgeklebt?«

»Möchten Sie eine Tasse Kaffee?«

»Nur wenn Sie inzwischen Bicarbonat im Haus haben.«

Paula lächelte und goß ihm Kaffee ein. Elliot setzte sich schwer auf den Stuhl und verbarg sein Gesicht in den Händen.

»Kein Om-Om-Om heute?« fragte Paula.

»Buddhisten-Feiertag«, sagte Elliot. »Feiern heute die Feuerwehr.«

»Gratuliere«, sagte Lucy.

»Wozu?« fragte Elliot.

»Was anderes ist mir nicht eingefallen.«

Elliot nahm ihr die *Times* weg. »Warum lassen Sie Ihr Kind nicht lieber Pornographie lesen?« fragte er Paula.

Das Telefon klingelte.

»Möchten Sie lieber Puff-Reis oder Kakao-Puffs?« fragte Lucy.

»Was ißt du?« fragte Elliot, als Paula den Hörer abnahm.

»Pizza.«

»Pizza? Zum Frühstück?«

»Klar. Wissenschaftler haben rausgefunden, daß Pizza sehr nahrhaft ist«, erklärte Lucy. »Fast 'ne ganze Mahlzeit. Pizza enthält Carbohydrate — stimmt das? — jaaa, Carbohydrate. Und Protein — durch den Käse. Und Gemüse-Vitamine von den Tomaten. Cornflakes sind Mist dagegen.«

»Sehr überzeugend«, sagte Elliot.

»Für Sie«, rief Paula. Und dann ins Telefon. »Würden Sie bitte einen Augenblick am Apparat bleiben, bitte? Mr. Garfield kommt sofort.«

»Sehr liebenswürdig«, sagte Elliot und ging zum Apparat.

»Brav!« Paula hielt ihm den Hörer hin.

»Hallo?«

»Elliot?«

»Ja.«

»Mark.«

»Oh, hallo, Mark.«

»Elliot, ich habe keine gute Nachricht. Sitzt du?«

»Mark, das ist doch völlig egal. Stell dir vor, daß ich sitze, wenn dir das was nützt.«

»Elliot, Mrs. Morganweis hat beschlossen, das Stück abzusetzen.«

»Nein.« Elliot gab sich erschrocken. »Du meinst, nach all den Jauchzern der Kritiker?« Jetzt wollte er Mark sagen, was er ihm mit dieser verdammten Inszenierung angetan, daß er ihm die Karriere verdorben hatte, wie infantil und idiotisch seine Einfälle gewesen waren.

Aber Bodine war schneller. »Elliot, ich ... tja, ich kann gar nicht sagen, wie sehr mir das leidtut. Es ist ganz allein mein Fehler gewesen, das ist mir inzwischen klar geworden — und ich sage das jedem, der es wissen will. Du hast alles gegeben, was ich forderte ... und mehr. Du warst besser als ich oder sonst wer. Natürlich innerhalb der Grenzen, die ich dir setzte. Vielleicht wirst du mir eines Tages verzeihen können. Leb wohl.«

Elliot vernahm noch ein Klicken und legte den Hörer auf. In dieser blöden Welt kannst du nicht mal deinen Feind, ach was, deinen Mörder anschreien. Selbst das nimmt man dir weg. Diese Laus! Weshalb war Mark so nett zu ihm? Weshalb so verdammt vernünftig und einsichtig? Er ging zum Tisch zurück.

»So ist es immer«, sagte er. »Wenn du denkst, die Welt bricht zusammen, geschieht ein Wunder.«

»Was für eins?« fragte Lucy.

»Sie haben das Stück abgesetzt«, sagte Elliot. »Ich muß den Richard nicht mehr spielen. Das amerikanische Theater ist gerettet!«

Paula goß ihm noch mal Kaffee ein. »Das tut mir leid.«

Elliot zuckte mit den Schultern. »Ach was, alles geht seinen Weg. Die Wolken all', die unser Haus bedräut, sind in des Weltmeers tiefem Schoß begraben. Welch glückliche Wendung! Jetzt bin ich frei und kann den anderen Job annehmen.«

»Welchen anderen Job?« Lucy war ungeheuer interessiert.

Elliot öffnete die *Times* und blätterte sie durch, bis er zu den Stellenanzeigen kam. »Ich suche, ich suche, ich suche!« Er fing an laut zu lesen. »Hier: Sie sind zwischen dreißig und vierzig, und das Leben liegt noch vor Ihnen. Zehn oder mehr Jahre haben Sie in der Pharmazie-Branche gearbeitet, vielleicht sogar in der Marketing-Abteilung. Sie verdienen bereits zwanzig- bis dreißigtausend; aber Ihr Boß erkennt Ihre Qualitäten noch immer nicht. Sie sind ein harter, hemdsärmliger Bursche, der auch mal Überstunden macht, wenn er dafür bezahlt wird. Wenn Sie so weit gelesen haben, und die Beschreibung auf Sie zutrifft, schreiben Sie uns. Wir sind eine der ersten Firmen für Drogerie-Artikel an der Ostküste und bieten eine aufregende, interessante Stellung in einem Vorort von Baltimore. Für den richtigen Mann ist das die Chance seines Lebens.«

Elliot blickte auf. »Na, wie klingt das? Super, was. Ich halte mich jedenfalls für einen harten, hemdsärmligen Burschen.«

Paula mußte lachen. »Lucy, es ist schon spät. Hol deinen Pulli.«

An der Tür drehte sich Lucy um und rief zurück: »Weißt du, daß Spencer Tracy beim erstenmal am Broadway auch ganz gräßliche Kritiken bekommen hat?«

Elliot blinzelte ihr zu. »Nein, hat er nicht.«

»Nein?« Lucy tat sehr erstaunt. »Oh, ich dachte, er wurde verrissen.« Sie verschwand im Schlafzimmer.

Elliot wandte sich Paula zu. »Es ist Ihnen doch klar, daß Ihre Tochter in mich verknallt ist?«

»Ja, das ist mir nicht entgangen.«

»Und wie nehmen Sie das auf, Mami?«

»Nun ja, ich leugne nicht die Qualität Ihres Charmes, aber in Tony war sie auch verschossen.«

»Ja, ja, das fängt so mit zehn Jahren an«, meinte Elliot weise.

»Eher mit sechs. Damals war es ihr Vater ...«

Lucy kam aus dem Schlafzimmer und zog sich den Pulli über den Kopf.

»Warte unten auf mich«, sagte Paula.

»Weshalb?«

»Weshalb? Weil ... Ich bin die Mutter, deshalb.«

»Das ist keine erstklassige Begründung.«

»Von mir wird nicht verlangt, erstklassig zu sein. Oder vernünftig. Hier herrscht ein Diktator.«

»Wie in Venezuela — hat Cynthia mir erzählt. Nur nennt der sich Präsident.«

»Unten«, sagte Paula bestimmt.

Lucy trottete hinaus, und Paula sah Elliot an: »So. Und was haben Sie jetzt für Pläne?«

»Sie meinen, im Augenblick? Na, zuerst werde ich mal frühstücken. Vielleicht eine Pizza. Dann werde ich einen verhinderten Selbstmordversuch machen, zum Beispiel könnte ich mir die Pulsadern mit einem elektrischen Rasierapparat in der Männergarderobe der Music Hall aufschneiden. Danach wende ich mich vielleicht der Wohlfahrt zu.«

»Sie haben demnach nicht vor, nach Chicago zurückzugehen?«

»In das Drecknest? Nein. Vielleicht nach Sibirien.«

»Sie haben immerhin für Ihr Zimmer bezahlt, es gehört Ihnen praktisch.«

»Vielen Dank«, sagte Elliot. »Das ist sehr nett von Ihnen. Falls ich mich doch entschließen sollte, woanders hinzugehen, können Sie mir das Zimmer nachschicken.«

»Wenn Sie bleiben, könnten Sie — vielleicht helfen, na, ich bin zum Abendessen nicht rechtzeitig zu Hause, also Lucy zu versorgen«, sagte Paula langsam.

Elliot hob die Augenbrauen.

»Ich fange doch heute mit meinem Job an, und . . .«

»Sie haben mir noch gar nicht erzählt, was für ein Job das ist?«

»Ach«, Paula wurde verlegen, »so was in der Unterhaltungsbranche. Ich muß ein paar Stunden lang zu ein paar Männern nett sein und . . .«

Elliot grinste.

»Auto-Show«, erklärte Paula. »Ich stehe da rum wie die Wagen. Sie wissen doch: Frauen und Autos. Auf jeden Fall schaffe ich es nicht, rechtzeitig zurück zu sein, um Lucy das Abendessen zu machen. Ich glaube, was ich sagen will, ist . . .«

»Angenommen«, sagte Elliot.

»Wie schön.« Paula war erleichtert. Sie spürte ein jähes Glücksgefühl in sich aufsteigen. »Sie ißt immer so um sechs. Im Kühlschrank sind Schweinekoteletts. Wahrscheinlich wird sie irgend was Verrücktes haben wollen, aber Sie geben ihr nichts anderes.

Ich wünsche Ihnen einen schönen Tag.« Sie stand auf und lief aus dem Zimmer.

Elliot sah ihr nach. »Süß«, sagte er laut. »Ausgesprochen süß!«

Lucy und Paula gingen zur Bushaltestelle an der 77th Street und Broadway. Lucy hielt ein beschriebenes Stück Papier in der Hand und hörte Paula ab, die vor sich hin murmelte:

»Guten Tag, ich heiße Paula McFadden und begrüße Sie auf der Internationalen Automobil-Ausstellung. Sie befinden sich hier am Stand von Subaru. Der Subaru-Motor verbraucht auf je hundert Kilometer acht Liter im Stadtverkehr und sechs Liter bei Überlandfahrten. Er ist also außergewöhnlich niedrig im Verbrauch. Der SEEC-T ist so konzipiert, daß er ... o je, ist so konzipiert, ach ja, jetzt weiß ich's wieder, daß er eine niedrige Verbrennung hat. Das und die fantastische Ausführung machen es überflüssig, daß Zusatz ...«

Lucy, die den Text nach einmal Durchlesen bereits auswendig kannte, unterbrach sie: »Mami! Energieverbrauchende Zusatzgeräte ...«

Paula sagte kurz angebunden: »Danke. Also weiter ... nötig sind. Der Subaru ist bei größerer Leistung und besserem Benzinverbrauch auch abgasfreundlich ... Lieber Himmel, ich muß wohl erst einen Kurs in Garagen-Englisch mitmachen, um den Quatsch zu kapieren.«

Sie waren an der Bushaltestelle angelangt und stellten sich in die Schlange. »Mir ist aufgefallen, daß du und Elliot gut zusammen ausseht.«

»Was?« fragte Paula.

Der Chinese vor ihnen drehte sich um. »Sie sagt, sie weiß, du und Elliot sehen sehl gut aus.«

»Vielen Dank«, sagte Paula und wurde rot. Dann flüsterte sie Lucy erregt zu: »Wann? Wann sahen wir gut zusammen aus?«

»Immer«, sagte Lucy.

»Wann immer?«

»Wenn Ihr zusammen seid, natürlich.«

»Wir sind *nie* zusammen.«

»Wieso. Ihr lebt doch in derselben Wohnung.«

Der Chinese drehte sich wieder um und fragte grinsend: »Sie können mir sagen, dieses Bus geht Twenty-Seven stleet?«

»Ich ... ich weiß nicht genau«, sagte Paula. »Velsuchen ... oh, versuchen Sie doch ...«

Er nickte, hörte nicht weiter zu und drehte sich wieder um.

»Außerdem«, redete Paula weiter, »bin ich mindestens zwei Zentimeter größer als er.«

»Das ist mir nicht aufgefallen. Vielleicht, weil ich klein bin und immer raufsehe.«

»Vielleicht, weil du nicht wolltest, daß es dir auffällt.«

Der Bus kam, und die beiden setzten sich in die hintere Reihe. Paula schloß die Augen und fing wieder an: »Der SEEC-T-Motor ist nicht nur vollkommen in seiner Ausführung, sondern auch ...«

Ein junger Mann mit pickligem Gesicht und schwarzer Lederjacke lehnte sich von der anderen Seite hinüber. »'Tschuldigung, von welchem Wagen sprechen Sie?«

Paula riß erschreckt die Augen auf. »Was? Oh ... dem Subaru.«

»So, dem Subaru«, sagte der Mann. »Ich dachte schon, Sie reden von einem amerikanischen Wagen.«

»Nein, ich ...«

»Alles Mist«, sagte der Mann. »Verstehen Sie mich nicht falsch. Ich liebe dieses Land, aber unsere Autos sind Mist. Ich hab mir vor einem Jahr erst einen gekauft, fuhr ein paar Wochen mit dem Ding, dann mußte er in die Werkstatt. Nicht mal die Bremsen funktionierten. Schließlich hab' ich ihn dann meinem Schwager verkauft.«

»Vielen Dank für den Rat«, sagte Paula und zu Lucy leise: »Und ich bin mindestens zwei Jahre älter als er.«

»Wer?« fragte Lucy und deutete mit dem Zeigefinger auf den Mann in der Lederjacke. »Der?«

»Das weißt du doch.«

»Na, und? Männer bevorzugen erfahrene Frauen. Hab' ich in *Cosmopolitan* gelesen.«

»Lucy, was hältst du davon, wenn ich dich und Seymour Strook Samstag abend ins Kino und danach zum Essen einlade?«

»*Seymour Strook?* Ich *hasse* Seymour Strook! Tu das ja nicht!«

Paula lächelte triumphierend. Endlich ein Sieg des erwachsenen Geistes über den kindlichen.

»Dann hör mit dem Blödsinn über mich und Elliot auf«, sagte sie mit gespielter Freundlichkeit. »So, hier ist deine Haltestelle. Marsch. Marsch, raus aus meinem Leben.«

Lucy stand auf, und auch der Chinese erhob sich.

»Das ist nicht Twenty-seventh Street«, rief Paula ihm zu.

Er drehte sich grinsend um. »Ich nicht gehen, will nur wissen, ob Bus da hält.«

Lucy und der Chinese stiegen aus.

»Ich bin der Wahrheit ganz schön nahe gekommen, was?« rief Lucy ihrer Mutter durchs Fenster zu. »Der Schatten weiß alles, hihihihi.«

Paula schrie: »Ich hasse dich! Ich hasse, hasse, hasse dich!«

Alle Leute im Bus drehten sich um.

»Ja, tu ich«, sagte sie zu dem Mann in der Lederjacke.

»Ich hasse meinen Schwager«, begütigte er sie.

Paula schloß die Augen und wollte wieder ihren Text üben. »... Subaru stellt nicht nur Personenwagen der gehobenen Mittelklasse her, sondern ...«

Aus. Sie suchte nach dem Zettel mit dem getippten Text. Weg. Mein Gott, Lucy hat ihn mitgenommen! Sie streckte den Kopf aus dem Fenster und sah zurück. Da, ganz hinten sah sie eine sehr winzige Lucy die Treppe zu ihrer Schule hinaufsteigen. Aber sie wußte nicht, daß Lucy ebenfalls verzweifelt versuchte, sich an etwas zu erinnern, nämlich an die winzige Kleinigkeit über die kanadische Provinz Nova Scotia.

10

Zu Tausenden drängelten sich die Leute auf der 59th Street vor dem Coliseum. Souvenierhändler machten das Geschäft des Jahres, genau wie der Mann mit den Brezeln, der mit heißen Eßkastanien und die Nutten. Paula im blauen Blazer, weißen Rock und roter Bluse, stand neben Donna an, um einen Hot Dog zu bekommen.

»Na, wie läuft's?« fragte Donna.

»Ach, nicht mal so schlecht, wenn man bedenkt, daß ich keine Ahnung von dem Quatsch habe, den ich da rede.«

Sie standen inzwischen an dem Wagen mit den Würstchen. »Hot Dog und Coke«, sagte sie zu dem Mann mit der einst weißen Schürze.

Der Mann griff nach einer verbrannten schwarzen Wurst.

»Oh, die nicht«, sagte sie. »Geben Sie mir bitte eine andere.«

»Alle gleich«, sagte der Mann. »Alles Rindfleisch. Ich verkaufe nur Rind. Wollen Sie die hier?«

Paula nickte ergeben.

»Sie wollen die, und bekommen sie«, redete der Mann weiter und legte die Wurst zwischen zwei Brötchenhälften mit Senf und Sauerkraut. »Und wünschen Sie auch 'ne besondere Flasche Coke?«

»Kluger Junge«, sagte Paula.

Als Donna auch ihren Hot Dog hatte, gingen sie ein paar Schritte die Straße entlang.

»Hör mal zu«, sagte Donna. »Da sind ein paar Jungs, die wollen uns zu Fettucine einladen, wenn wir fertig sind. Die Cohen-Brüder. Du hast sie sicher gesehen. Drüben beim Ferrari-Stand.«

»Hab' sie nicht gesehen.«

»Na, sie heißen Sol und Moishe. Moishe nennt sich Marvin. Sehr witzig. Sol ist der Brünette.«

»Cohen-Brüder? Bei Ferrari?« fragte Paula. Der Hot Dog war unglaublich gut.

»Reiche Jungen! Na, hast du Zeit?«

»Danke vielmals, Donna. Vielleicht ein andermal.«

»Wir haben nur noch acht Abende. Es ist nicht so, als ob die nur auf *uns* warten.«

»Nein, nein, sicher nicht.« Paula nahm den letzten Schluck Coke. »Vielleicht morgen? Okay? Und jetzt muß ich wieder rein. Show-Time!« Sie drehte eine kleine Pirouette und winkte zum Abschied.

Sie drängte sich in der Vorhalle durch die Menge, bis sie zu dem Mann am Kartenschalter kam. Sie suchte in ihrer Tasche. Mal wieder nichts. Sie hatte ihr Abzeichen am Stand gelassen. Ohne stehen zu bleiben ging sie an dem Wärter vorbei.

»Halt!« rief der Mann in Uniform. »Ihre Eintrittskarte, bitte.«

»Oh«, sagte Paula. »Hören Sie, ich bin ein Modell.«

»Ach ja?« sagte der Mann. »Ich bin ein Wärter.«

»Nein, nein. Ein Modell in der Show.«

»Wieviel Liter haben Sie schon drin?« lachte der Uniformierte. Und dann, zufrieden mit sich selbst: »He, Sie haben da vorn ganz schöne Scheinwerfer.«

»Hören Sie mir doch zu«, sagte Paula aufgeregt. »Ich bin spät dran. Ich muß zu meinem Stand. Machen Sie auf. Lassen Sie mich durch.«

Das Gesicht des Mannes wurde finster.

»Bitte!« flehte Paula.

Er sah sich um. »Ich kann meinen Job verlieren, wenn . . .«

»Sie werden ihn nicht verlieren. Ich bin am Subaru-Stand. Da hab' ich mein Abzeichen gelassen. Sie können ja mitkommen, dann zeig' ich's Ihnen.«

Der Mann nickte und trat beiseite. »Hübsches Fahrgestell«, meinte er beifällig.

Paula kämpfte sich durch die hektische Aktivität, durch Scheinwerfer, Kameras, Verkäufer, Autos ... diesen schimmernden, aufpolierten, schicken Supermodellen, Symbolen von Sex, Macht und Status. »... von Null auf Sechzig in vier Sekunden,« hörte sie einen Verkäufer lügen, als sie sich voranschob.

Endlich erreichte sie den Subaru-Stand und sprang auf das riesige rotierende Rund. Das andere Modell gab ihr das Mikrofon und hüpfte herunter. Paula tat, als streichelte sie die Haube des kleinen Wagens und hing sich gleichzeitig das Mikrofon um den Hals. Sie räusperte sich.

»Der SEEC-T ist so konzipiert, daß er eine niedrige Verbrennung hat. Bei seiner enormen Leistung verbraucht er nicht nur weniger Benzin, sondern ist auch abgasfreundlich ...« Sie plapperte noch etwas über den Motor und die Geschwindigkeit und endlich kam sie zu dem Text, den sie auch verstand. »Das und die fantastische Ausstattung ...«

Von hinten zwängten sich ein Mann und ein kleines Mädchen durch die gestikulierenden und zu ihr aufschauenden Menschen. Lucy und Elliot! Ich muß aufpassen, daß ich mich nicht verspreche, dachte sie und versprach sich sofort.

Elliot blinzelte ihr zu.

»Der Subaru-Motor verbraucht auf je hundert Kilometer acht Liter im Stadtverkehr ...«

Elliot stand jetzt ganz vorn, Lucy an der Hand, und lächelte zu ihr hinauf. Paula bemühte sich, ihn nicht anzusehen.

»... und sechs Liter bei Überlandfahrten. Er ist also außergewöhnlich niedrig im Verbrauch. Der SEEC-T ist so ...«

Es war vorbei. Sie wußte kein einziges Wort mehr.

Lucy sah zu Elliot hoch. »Sie kriegt sich gleich wieder ein.«

»Die Reifen«, fuhr Paula tonlos fort, »die Reifen sind sehr attraktiv und sehr optional ...«

»Das ist eine ganz neue Erfindung«, sagte Elliot zu Lucy. »Optionale Reifen?«

»Die Sitze«, redete Paula da oben weiter, »Vorder- und Rücksitze sind aus ... aus sehr schönem Material gefertigt. Material wie dieses finden Sie in viel besseren Wagen als ... und es ist auch einfach zu reinigen. Natürlich. Sehr einfach. Vorausgesetzt natürlich, daß Sie sie vorher schmutzig machen.«

Mr. Ishiburo, Assistant Vice President von Subaru brach seine Unterhaltung mit Mr. Muraka, einem Verkäufer, ab. Beide sahen auf, drehten sich um, um Paula besser hören zu können.

»Die Frontscheibe hat ideale Sichtverhältnisse und garantiert

Ihnen höchstmögliche Sichtweite, ob man den Blick nun nach rechts lenkt, nach links, oder ... geradeaus.«

»Im Vergleich dazu war mein Richard wie der von Laurence Olivier. Weißt du, für mich ist das hier fabelhafte Therapie. Sollten sie an allen verachteten Schauspielern anwenden.«

»Sie ist wohl völlig weggetreten, scheint mir«, stimmte Lucy ihm zu.

Paula lief der Schweiß übers Gesicht, aber ihr halb-hysterisches Lächeln saß wie festgefroren. »Auch das Rückfenster ist so gestaltet, daß Sie die beste Sicht haben. Sie können hinten hinausschauen, genauso wie ...«

Mr. Muraka sagte: »Oi ding mushow ganza moo wush?«

»Den Text muß sie allein erfunden haben«, antwortete Mr. Ishiburo.

»Das Steuerrad ist nicht einfach ein Rad. Es ist das modernste Lenkrad, das je erfunden wurde. Und es ist leicht zu handhaben und sicher, und die Bremsen bremsen bei jedem Wetter, wenn Sie ... uh, ja, wenn Sie richtig aufs Pedal treten. Wenn Sie jedoch nicht anhalten wollen, dann lassen Sie Ihren Fuß einfach vom Pedal. Der Subaru ist ein sehr ökonomisches Auto ... und *Consumers Guide* nennt den Subaru ein ... wirklich ökonomisches Auto.«

Sie blieb noch einen Augenblick stehen. Mit offenem Mund, als ob sie noch etwas sagen wollte. Endlich quälte sie sich ein: »Ich danke Ihnen« ab, hakte das Mikrofon vom Hals und stieg von der rotierenden Platform.

Ishiburo wartete schon auf sie. »Miss McFadden?«

»Oh, Mr. Ishiburo! Ja, ich ...«

»Miss McFadden, vielleicht sind Sie Texterin für eine Public Relations Firma?«

»Nein, nicht direkt. Ich ...«

»Dann Anzeigen?«

»Mr. Ishiburo. Ich weiß, was ich sagen muß. Ich kenne den Text der Präsentation. Ich war nur eine kurze Zeit in einer Art von Panik und ...«

»Vielleicht ... bei allem Respekt ... wenn Sie der Probe beigewohnt hätten ...«

»Meine Tochter war krank. Ich wollte ja kommen, aber ...«

»Ich dachte, Sie waren krank. Ihr Arzt ...«

»Ach ja«, sagte Paula schnell. »Ich war krank. Ich hab' mich bei ihr angesteckt.«

»Ah«, sagte Mr. Ishiburo. »Ja. So. Es wird nicht noch einmal passieren, nein, oder?«

»Nein, mir geht es schon viel besser.«

»Ich meine, daß Sie den Text vergessen.« Er schien zu zittern. »Sehr, sehr kompromittierend, nicht wahr?«

»Ja«, wisperte Paula, »sehr.«

»Gut«, sagte Ishiburo kurz und ließ sie stehen.

Paula dienerte hinter ihm her und ging dann zu Lucy und Elliot. »Tausend Dank! Ich wäre rausgeflogen, wenn er gewußt hätte, wie man das sagt. Was wollt Ihr hier?«

Elliot zog wieder die Augenbrauen hoch. »Sie haben sich meinen Auftritt angesehen, da wollte ich mal Ihren sehen. Darf ich das nicht?«

»Das ist keine ...«

»Ich fand Sie wirklich sehr gut. Darf ich einen konstruktiven Kommentar geben?«

»Wirklich, Sie sind ...«

»Lernen! Den Text auswendig lernen! Dann nimmt man Sie im nächsten Jahr vielleicht für größere Rollen. Lastwagen zum Beispiel. Oder Panzer?«

Paula sah Lucy streng an. »Hast du schon was gegessen?«

»Nein.«

»Nein?« Diesmal galt ihr Blick Elliot. »Es ist bereits nach sieben. Wofür bezahle ich Sie eigentlich?«

»*Mich* bezahlen? Ein vergammeltes Schweinekotelett und 'ne uralte Selleriestange ist wohl kaum eine Bezahlung. Außerdem kam ich nur her, um Ihnen Lucy zu übergeben. Ich arbeite nämlich heute abend.«

»Er hat einen Job«, sagte Lucy stolz.

»Genau das hab' ich eben gesagt.«

»Spielen?« fragte Paula.

»Das hab' ich nun wieder nicht gesagt«, erwiderte Elliot ungerührt und streichelte sich das Kinn. »Es ist ... in der Unterhaltungsbranche. Mehr kann ich im Moment dazu nicht sagen. Ich komm' erst nach zwei. Sie müssen nicht aufbleiben.«

Paula schüttelte angewidert den Kopf.

»Sie sehen zum Anbeißen aus! Wirklich, echt Spitze! Ich ahnte ja gar nicht, daß Sie *so* eine Figur haben!«

Er tätschelte Lucys Kopf und ging gelassen davon.

»Der Mann schlaucht mich!« sagte Paula und sah ihm nach. »Er schlaucht mich ehrlich.«

Als er auf den Aufzug wartete, bemerkte Elliot den Subaru-Verkaufsstand. Er ließ den Lift fahren und ging hinüber.

»Hallo!« sagte er freundlich und streckte Ishiburo eine Hand hin, die der Japaner begeistert schüttelte. »J. T. Thomas, Houston, Texas.«

»Ach, ja? Wie geht es Ihnen?«

»Mir? Mir geht es prima«, sagte Elliot. »Ja, Sir, wirklich prima. Tatsache ist, ich bin im Taxigeschäft — unten in Houston, und ich sag' Ihnen noch was, das Mädchen da oben ...« Er zeigte auf Paula, »... hat einen großen Eindruck hinterlassen. War sehr gut für Ihren Su-bay-ro.«

»Ach, ja, Subaru. Hmmm, hmmm! ja.«

»Ich bin im Taxigeschäft. Hab' 'ne ganze Flotte unten in der Stadt. Ist Ihre Gesellschaft an so was interessiert?«

»Ja, ja. Natürlich. Gewiß. Natürlich.« Ishiburo grinste von einem Ohr zum anderen.

»Ich sag' Ihnen was«, fuhr Elliot unbekümmert fort. »Wenn Sie einen solchen Auftrag überhaupt übernehmen können, sehen Sie mich Ende nächster Woche wieder, und wir setzen uns zusammen und besprechen die Einzelheiten. Und dann kommen Sie mal nach Houston, und ich zeige Ihnen, wie's bei mir langgeht.«

»Langgeht?«

»Wagenpark, Häuser, Büros und so.«

»Langgeht.« Ishiburo erneuerte sein Grinsen. »Ja, verstehe. Wissen Sie, Mr. ... ah ... Thomas. Ich habe das Gefühl, daß wir schon mal gesprochen haben, irgendwann, wir beide, ja?«

»Glaub' ich nicht«, sagte Elliot. »Aber eins sag' ich Ihnen noch, das Mädchen da bei Ihnen, das ist 'ne große Verkaufsbegabung.«

Er steckte die Hände in die Hosentaschen und schlenderte

davon. Ishiburo warf einen Blick auf Paula, dann auf den entschwindenden Elliot. Allmählich erschien ein echtes Lächeln auf seinem Gesicht, ein sehr verwirrtes.

Es war auf der 8th Street bei Sixth Avenue. Eine Kneipe mit dem schönen Namen ›Goldene Scheune‹. Das Publikum draußen und drinnen setzte sich aus möglichen und unmöglichen Typen zusammen. College-Studenten, arbeitslose Dixieland-Musiker, Iowa-Farmer, die hier Urlaub machten, Lesbierinnen, die irgendwo in Buden bei Great Jones Street hausten, homosexuelle Geschäftsleute, die hier schnell Anschluß fanden, Gruppen von fünfzehnjährigen High-School-Mädchen, die vor kurzem aus ihren Wohnheimen rausgeworfen worden waren, schwarze Kokain-Dealer, Vertreter aus Flint, Michigan, schmuddelige Prostituierte, die ihr alterndes Fleisch für fünf Dollar pro Benutzung verkauften.

Gottes Tierreich ist groß, dachte Elliot, und hier sind die seltsamsten Arten vertreten. Er stand vor der ›Goldenen Scheune‹ in einem abgewetzten, viel zu weiten scharlachfarbenen Mantel mit Goldknöpfen (einer fehlte), Epauletten und einem sehr albernen betreßten Hut. Elliot, der Türsteher, Elliot, der Anreißer.

»He, kommt, kommt alle, kommt in die ›Goldene Scheune‹. Seht sie euch an, die exotische Lilàh und die sinnliche Margene in der heißen Orgie irrwitziger Lust. Schaut sie euch an, diese Mädchenkörper, wie sie sich winden, wie sie sich streicheln, liebkosen ...«

Jemand tippte ihm auf die Schulter. Zwei siebzehn- oder achtzehnjährige Burschen versuchten, durch den Türspalt zu lugen.

»He«, sagte der eine. »Was ... was für 'ne Art von, na, Sie wissen schon, von Show bieten die da drin?«

Elliot öffnete die Tür einen Spalt weit. Ein kurzer Blick auf zwei Frauen auf der Bühne, eine schwarz, die andere weiß, beide topless mit Tanga-Höschen.

»Schmutzig!« flüsterte Elliot. »Sehr schmutzig! Nächste Bühnenshow fängt in zehn Minuten an.«

Der andere Junge starrte immer noch die Tür an, als Elliot sie längst geschlossen hatte. »Was treiben die da? Wie, meine ich, wie machen sie es denn?«

»Sie lassen mich nicht zusehen«, erklärte Elliot. »Zu gefährlich für mich.« Er öffnete die Tür noch einmal eine Sekunde lang. »Sind Sie interessiert?«

In diesem Moment erschien eine schwere, männlich aussehende rothaarige Frau in der Tür. Sie trug einen Männeranzug und sprach mit tiefer Stimme. »Komm rein!« Sie schnippte mit den Fingern. »Rein, schnell!«

Das war Mrs. Maloney, die Geschäftsführerin, und Elliot nahm an, daß sie ihn rausschmeißen wollte. Oder irgend so etwas.

»Ist was?« fragte er.

»Wir haben einen Besoffenen auf der Bühne«, sagte sie.

Elliot bekam Gänsehaut vor Angst. Er hatte keine Übung im Umgang mit Betrunkenen. Aber er ging hinter ihr her. Auf der Bühne bemühten sich zwei Kellner, einen riesigen Mann in einer Armee-Jacke von Lilah und Margene fortzuhalten. Die Jacke ist kein gutes Zeichen, dachte Elliot. Vielleicht gehört der Kerl zu einer Spezial-Einheit, trainiert auf sofortigen Totschlag. Außerdem hatte er — obwohl total betrunken — bestimmt mindestens noch siebzig Prozent aller Reflexe. *Türsteher von Green-Beret-Mann erschlagen.* Der Betrunkene landete einen lässigen Schwinger auf der Wange des einen Kellners und schickte ihn damit zu Boden. Lilah schrie, und das Publikum klatschte wie wild.

»Schmeiß den Viechskerl raus«, befahl Mrs. Maloney.

»Vielleicht ist sein Kiefer gebrochen«, sagte Elliot.

»Ich meine doch den Besoffenen!« sagte Mrs. Maloney ärgerlich.

»Wer? *Ich?*« fragte Elliot. »Ich bin Portier. Wenn er rausfliegt, mache ich ihm gern die Tür auf.«

»Wollen Sie heute abend bezahlt werden, oder nicht?«

»Schon gut, schon gut.«

Elliot stieg auf die Bühne.

»Hier kommt Supermann, die Rettung ist nah«, kreischte eine Frau aus dem Publikum. »Sieht allerdings mehr nach Wundermann aus«, meinte ihr Begleiter.

Der Betrunkene landete jetzt seine Rechte im Bauch des zweiten Kellners, der daraufhin stumm von der Bühne kullerte.

Elliot näherte sich vorsichtig. »Okay, okay, ich bin dein

Freund, Kumpel, nimm's nicht so tragisch ... bist du in Ordnung?«

»Der bringt uns um«, hörte er Margene sehr laut flüstern.

Der Mann ging jetzt auf die Mädchen los.

»He«, sagte Elliot, »warum setzt du dich nicht unten hin, damit du die Show gut sehen kannst?«

»Ich will ja nur einen Kuß«, erklärte der Betrunkene mit schwerer Zunge, »weiter nichts.«

»Ach, weißt du, ich kenn' dich doch noch gar nicht«, sagte Elliot — er konnte einfach nicht anders —, »und beim erstenmal lasse ich mich nicht küssen.«

Das Publikum wollte sich offenbar totlachen. Irgend jemand klatschte.

»Danke, danke Ihnen.« Er wendete sich wieder dem Riesen zu. »Sie mögen uns.«

Der Mann schwankte auf Elliot zu, den Kopf auf die Seite gelegt, die kleinen Augen verschwommen.

»Komm her, du Zwerg. Ich schlag' dir dein dusseliges Gesicht ein.«

Plötzlich wirkte er gar nicht mehr so betrunken. Elliot trat zurück. »Nein, nein, das wollen sie nicht sehen.« Er sprach zum Publikum. »Sie wollen doch nicht sehen, wie ein kleiner Zwerg knock out geschlagen wird, was, Kinder?«

Noch mehr Applaus. Ein paar Leute pfiffen.

»Starkes Publikum«, sagte Elliot zu dem Betrunkenen. »Hör zu, Kumpel ...« Er ging näher, damit er nicht so laut sprechen mußte. »Kann ich dich eine Minute sprechen, damit wir das unter uns ausmachen? Können wir? Wie heißt du?« Er fühlte sich schon etwas besser. Vielleicht hatte bisher noch kein Mensch diesen Kerl als seinen Nächsten angesehen.

»Earl«, sagte der Mann.

»Earl wer?« fragte Elliot.

Und schon passierte es — in einer Art Zeitlupe. Er *sah* den Schwinger von links — und hob seine rechte Hand. Das war ein Fehler. Zu spät erkannte er, daß eine Faust besser gewesen wäre. Der Schlag traf Elliots Finger und dann das Kinn direkt unter dem Ohr.

»Earl *so*«, sagte der Betrunkene zufrieden, als er den Schlag gelandet hatte.

Elliot schlidderte über die Bühne und landete auf Mrs. Maloneys Tom-McCan-Schuhen. Er stand sofort wieder auf. Irgendwie war er der Faust wohl entkommen. Das Publikum applaudierte und pfiff. »Das erstemal, daß ich Beifall auf offener Szene bekomme«, sagte Elliot.

Er sah zu, wie Earl langsam über die Bühne schritt, Lilah am Arm griff und seinen Kopf senkte. Offenbar machte er einen Versuch, ihre Brustwarzen zu küssen. Lilah preßte die Lippen zusammen und trat ihm gegen das linke Schienbein. Sie trug spitze und sehr hochhackige Schuhe. Earl kreischte: »Aaaahhh!« und ließ sie los. Sie jedoch nicht. Der Erfolg machte sie mutig, und ihr Fuß landete an seinem anderen Schienbein. »Aaaahhhh!« schrie Earl noch lauter und humpelte nach hinten. Er bückte sich, um seine Beine zu betrachten. Das war Margenes Augenblick! Sie war schon hinter ihm und trat ihm in den Nacken. Earl fiel vornüber und lag still. Das Publikum applaudierte.

Drei Minuten später erschienen zwei uniformierte Polizisten und zerrten Elliot von der Bühne.

»Und wieder ein Job im Eimer«, sagte Elliot.

»Sie sind entlassen«, bestätigte Mrs. Maloney seine Vermutung. »Wenn Sie nicht mal mit so leichten Fällen fertig werden, kann ich Sie hier in meinem Laden nicht brauchen.«

Mrs. Maloney nahm einen Zehn-Dollar-Schein aus einem dikken Bündel, das sie in der Hosentasche trug, und gab Elliot das Geld. »Das ist für zwei Stunden zu vier Dollar pro Stunde, plus zwei Dollar Schmerzensgeld«, sagte sie.

Elliot nahm den Schein. »Das ist ungeheuer großzügig, wirklich. Das Schmerzensgeld ist vermutlich für mein Gesicht, das beinahe von meinem Kopf abgetrennt wurde.«

Aber Mrs. Maloney war schon verschwunden.

Elliot schwankte zwischen den Tischen entlang zur Tür. Eine Frau stand auf, um zu tanzen, und Elliot bemerkte ein Stück Fleisch auf ihrem Teller. Er griff danach und preßte es auf sein Auge. Dann rannte er hinaus. Ich brauche es dringender als sie. Fleisch ist gut für — oder besser gegen — blau geschlagene Augen.

Paula massierte die Nachtcreme in ihre Wangen und den Hals, während Lucy aus der Badewanne fragte: »Weißt du, was Cynthia Fine gesagt hat?«

»Wer ist Cynthia Fine?«

Lucy legte sich auf den Bauch und zog die Pyjamahose hoch. In der Badewanne war natürlich kein Wasser. »Das Mädchen aus meiner Klasse mit der Zahnspange, die, die schon einen Busen hat. Elliot hat mich heute von der Schule abgeholt, und da sagte Cynthia: Er hat 'ne tolle Aura.«

Lucy biß in ihre Banane.

»So?«

»Cynthia sagt, er hat Charisma.«

»Du weißt ja nicht mal, was das bedeutet«, sagte Paula.

»Klar weiß ich das«, antwortete Lucy empört. »Ich hab's im Lexikon nachgelesen. Und er hat's bestimmt.«

Paula stellte die Cremedose auf das Glasbord. »Meinetwegen, und nun mach Schluß.«

»Schluß womit?« fragte Lucy unschuldig.

»Ihn mir schmackhaft zu machen.«

»*Ich?* Immer ich! Cynthia Fine hat das gesagt ...«

»Schieb bitte nicht deine Freundin vor«, sagte Paula wütend. »Und hör endlich auf, mir in den Ohren zu liegen!«

Lucy versank in der Wanne. »Wer liegt dir in den Ohren?«

»Du!«

Lucy betrachtete einen kleinen braunen Fleck auf ihrer Banane.

»Deine Fingerabdrücke verraten dich«, fügte Paula hinzu.

»Wieso? Ich hab' nie was gesagt ...«

»Ich find ihn ja ganz in Ordnung. Genügt das nicht? Ab und zu verhält er sich wie ein richtig menschliches Wesen. Aber versuche nicht mehr, ihn mir zu verkaufen. Der Mann ist nicht mein Typ!« Sie rannte aus dem Badezimmer.

Lucy hielt sich die Banane als Mikrofon vor den Mund und sagte etwas Unverständliches hinein.

Die Tür wurde aufgerissen, und Paula kam wieder ins Bad. »Ich hab' dich gehört. Was hast du gesagt?«

»Wenn du's gehört hast, warum fragst du?«

»*Was hast du gesagt?*«

»Bisher ist dein Typ nie lange genug geblieben, um dein Typ zu bleiben.«

Paula sah sie erstaunt an. Sie war verletzt und überrascht. Wie brachte dieses Kind es nur fertig, ihre Erfahrungen mit Männern so exakt auszudrücken? Man soll wirklich nie die Auffassungsgabe von Kindern unterschätzen. »Das«, sagte sie langsam, »war sehr gemein von dir.«

»Ich weiß«, sagte Lucy gelassen.

»Warum hast du ...«

»Ich sollte doch sagen, was ich denke.«

»Himmel!« sagte Paula. »Manchmal werde ich ...« Sie sah zu, wie Lucy einen Faden aus ihrem Pyjama zog und offenbar nicht zuhörte. »... rasend wütend über dich, daß ich dich am liebsten ...«

Sie griff über die Badewanne und drehte den Kaltwasserhahn an. Dann ging sie hinaus. Eiskaltes Wasser strömte über Lucys schmalen Körper.

»He!« Lucy sprang auf, ihr Pyjama war tropfnaß. »Und das war sehr gemein von *dir*!«

Mit ihrem einbalsamierten Gesicht ging Paula in die Küche. Sie holte sich die Schachtel mit Crackers aus dem Schrank und sah, daß die Tür vom Eisschrank immer noch aufstand.

»Verdammt noch mal!« sagte sie. »Sie läßt den Eisschrank offen. Ich ertränke dieses Gör!«

Sie warf die Tür zu und wollte wieder ins Badezimmer gehen. »Lucy«, schrie sie. Und dann singend: »Oh, Lucy, hat Mamas süßes Baby zufällig den Film *Psycho* gesehen?«

Als sie an Elliots Zimmer vorbeilief, sah sie die Tür offenstehen. Sie schaute um die Ecke und fand ihn ausgestreckt auf dem Bett liegen.

»Mr. Garfield?« fragte sie vorsichtig. »Sind Sie's?« Auf Zehenspitzen betrat sie das Zimmer.

»Nein«, sagte Elliot. »*Ich* befinde mich bei bester Gesundheit, Das hier bin ich nicht.« Er lag flach auf dem Rücken und drückte ein Stück Fleisch auf sein rechtes Auge.

»Ich hab' Sie gar nicht kommen gehört«, sagte Paula. »Was ist denn mit Ihrem Auge los?«

»Jemand wollte mit der Faust durch mein Gesicht, und ich hab' mein Auge benutzt, um ihn damit aufzuhalten.«

»Was ... was für ein Stück Fleisch haben Sie denn da?«

»Kalbsmedaillon mit Parmesan. Entweder Parmesan oder Kartoffelsalat.« Er drehte sich etwas zu ihr. »Ich bin mal wieder arbeitslos.«

Er nahm das Stück Fleisch von seinem Auge und betupfte damit seine rechte Wange. Sie war bereits blaurot geschwollen. »Ich bin trotzdem ein Aufsteiger«, erklärte er, »das letztemal, als mir so was passierte, hatte ich nur einen Big Mac als Pflaster.«

»Ich möchte Ihnen doch etwas Eis drauflegen, das ist besser.«

Elliot latschte hinter ihr her in die Küche und lehnte sich an die Tür, während sie den Kühlschrank aufmachte, um Eiswürfel herauszunehmen. »Sie müssen sich keine Sorgen mehr machen«, sagte er.

Sie hielt das Eis unter fließendes Wasser und sah ihn verblüfft an.

»Ich habe mich entschlossen, Sie beide hier so lange wohnen zu lassen, wie Sie wollen.«

Paula nahm ein Handtuch aus dem Schrank und wickelte die Eiswürfel hinein.

»Es ist meine einzige Chance zu überleben«, sagte Elliot.

»Ach, Unsinn! Sie werden schon irgendein Angebot bekommen.«

»Glauben Sie wirklich?«

»Lucy und Cynthia Fine behaupten, Sie haben Charisma.«

»Und was glauben Sie?« fragte Elliot und schwenkte das Handtuch mit den Eiswürfeln hin und her. »Ich meine, charisse ich Sie auch?«

»Legen Sie das Handtuch auf Ihr Auge.«

»Ich spreche nicht von meiner Begabung«, sagte Elliot. »Auf diesem Gebiet fühle ich mich sicher. Nur auf dem Gebiet der Anziehung fühle ich mich etwas unsicher.«

Paula sah ihn fragend an.

»Ich vertrage die Wahrheit. Bin ich so anbetungswürdig und umwerfend, wie ich mich finde?«

Paula lachte. »Sie sind eine einzige Zumutung! Mit Ihrer Energie kann ich nicht mit! Vielleicht über Kurzwelle Alaska?«

Sie wollte zur Tür und machte ein paar Schritte zur Seite, um ihm zu entgehen. Er machte ebenfalls ein paar Schritte in derselben Richtung. Sie sah zu ihm auf.

»Haben Sie das Gefühl, daß sich zwischen uns was anspinnt?«

Paula schüttelte den Kopf. »Diesen Satz hab' ich zum ersten- und zum letztenmal vor sechzehn Jahren auf einem Schülerball gehört. Lassen Sie mich bitte vorbei. Ich muß morgen früh meine japanischen Wagen an den Mann bringen.«

»Ach, darum tragen Sie dieses Kabuki-Make-up!«

Paula fuhr sich mit der Hand übers Gesicht. Liebe Güte, die Nachtcreme — sie hatte sie nicht abgewischt. »Und Sie lassen mich hier so herumstehen!«

Sie lief ins Badezimmer, drehte den Wasserhahn auf und wusch sich das Gesicht. Ihre Augen waren voll Wasser, und sie fummelte blind nach einem Handtuch. »Handtuch! Kann ich bitte ein Handtuch haben.«

Elliot nahm ein Handtuch, ging zu ihr und küßte sie sanft auf die Lippen.

Paula blieb zunächst der Atem weg, dann entspannte sie sich. Dieser Kuß, seine Lippen waren wundervoll, sanft und doch fest, zart und doch begehrend. Sie öffnete ihre Lippen ein wenig und gab sich diesem herrlichen Kuß hin. Sie spürte seinen Körper an ihrem: fest, muskulös, atmend. Und sie fühlte sich dahinschmelzen ... das war die Sekunde, um sich sofort zurückzuziehen. Ihre Augen öffneten sich. »Tun Sie das nie wieder!«

»Weißt du, daß deine irre Nase mich zum Wahnsinn treibt?«

»Meine Nase? Was ist an meiner Nase irre?«

»Wie sie zum Himmel fahren will! Erst läuft sie gerade nach unten, aber dann ...« Er küßte sie auf den Hals.

»Bitte nicht ...«

»Ich glaube, uns beiden wird sehr heiß, was?«

Paula machte sich frei. »Bitte. Ich hab' keine Zeit für eine Romanze.«

»Dann nimm dir welche. Geh täglich fünf Minuten früher von deiner Arbeit weg. Und beeil dich morgens mehr im Bad.«

»Ich habe eine Tochter ...«

»Das weiß ich.«

»... die mein Lebensinhalt ist.«

Elliot zog sie wieder an sich. »Ich hing schon hoffnungslos an der Angel, als ich dich zum erstenmal durch den Türspalt sah. Damals sagte ich schon zu mir: ›Das ist die beste Gesichtshälfte, die ich je gesehen habe.‹«

»Bitte ... bring mich nicht zum Lachen, meine Gesichtsmaske geht in Stücke ...«

Elliot zog sie noch näher. »Ich kann den Duft deines Haares riechen, wenn du an meiner Tür vorbeigehst.«

»Das ist vermutlich mein Haarspray.«

»Auch wenn ich schlafe, weckt meine Nase mich auf, wenn du an meiner Tür vorbeigehst, und ich komme mir vor wie ein Werwolf bei Vollmond. Ich könnte dich fressen.«

»Du machst mich ganz verlegen.«

»Ein bißchen Verlegenheit ist gut für dich. Weil es eine sehr menschliche Reaktion ist. Tiere werden nie verlegen.«

»Ich bin dreiunddreißig«, sagte Paula, »da sollte so was nicht mehr vorkommen.«

»Du bist an meinem Himmel aufgegangen wie die Sonne nach einem langen Winter.«

Sie konnte nicht anders, sie mußte einfach lachen. Und während sie lachte, ließ er seine Küsse auf ihr Gesicht, ihren Hals, ihre Schultern regnen. Paula wurden die Knie weich. Sie war sehr erregt. »Bitte«, sagte sie flehend, »tu das nicht. Laß mich nicht glauben, daß ich glücklich bin. Ich hasse das Gefühl.«

Elliot küßte sie auf die Stirn und preßte sie an sich.

»Tritt nicht in mein Leben«, sagte Paula. »Ich habe gerade alle Zäune aufgerichtet.«

»Darf ich dich nicht bis zur Tür begleiten?« fragte Elliot zwischen Küssen. »Die Gegend hier ist nicht sehr sicher.«

»Elliot ...«

»Gut, du darfst mich Elliot nennen, denn ich hab' dich schon in den Nacken gebissen.«

Paula wand sich in seinen Armen. »Elliot ... ich bete zu Gott, daß morgen alles vorbei ist.«

Elliot ließ sie los. »Den Teufel tust du! Hör zu, das ist kein allergischer Anfall oder so was. Ich seh' dich morgen nacht in der Küche.«

Paula schüttelte den Kopf.

»Morgen nacht«, wiederholte Elliot. »Und, ja, du mußt dir nichts anziehen!«

Paula stieß ihn zur Seite und lief aus der Küche. In ihrem Schlafzimmer schloß sie leise die Tür hinter sich.

11

Der Anruf kam um neun Uhr dreißig am nächsten Morgen, nach seinem Singsang, nach dem Frühstück, nachdem Paula und Lucy gegangen waren. Sie hatten sich immer wieder angesehen an diesem Morgen, Elliot und Paula — lange heiße Blicke gewechselt. Merkwürdig, dachte Elliot, diese physische Veränderung. Sie sah so schön aus. Nichts Besonderes, einfach sanft und verträumt. Lange Beine und eine Stupsnase. Und ihr kam er sicher auch verändert vor. Nicht unbedingt lange Beine und Stupsnase, aber bestimmt auch sanft, offen und warm. Sie sprachen wenig und berührten sich überhaupt nicht. Und dann, als sie gegangen waren, kam der Anruf.

»Hallo?«

»Mr. Garfield?« Eine weibliche Stimme.

»Ja.«

»Mr. Garfield, mein Name ist Maureen Keller, und ich habe Ihre Telefonnummer von Mark Bodine. Ich hoffe, ich rufe nicht ungelegen an?«

»Das fällt mir in letzter Zeit schwer, festzustellen.«

»Der Grund, weshalb ich Sie anrufe, Mr. Garfield, ist, daß ich Sie neulich als Richard III. gesehen habe und ...«

»*Das* kam bestimmt ungelegen«, erklärte Elliot.

»Nein, nein. Ich habe mit Mark gesprochen«, sagte Maureen. »Und er hat mir alles erklärt. Aber der Grund, weshalb ich anrufe, ist ... nun, wie soll ich mich ausdrücken? Ich ...«

»Sollte es sich um eine Morddrohung handeln, dann kenne ich eine Standard-Formulierung.«

»Ganz im Gegenteil. Ich bin Agentin der Gruppe ›Inventar‹, das ist eine Theatergruppe, die unten in Charles Street spielt, und wir suchen nach einem Schauspieler, der ...«

Elliots Herz schlug so laut, daß er die nächsten Worte nicht verstand.

»... und nachdem ich Sie auf der Bühne gesehen habe, würde ich Sie gern fragen, ob Sie in der Gruppe auftreten wollen. Würde Ihnen so etwas zusagen?«

»Ich muß wohl erst mit Ihnen darüber sprechen.«

»Natürlich. Können Sie zu mir kommen?«

»Ja, sicher. Warum nicht.«

»Gut. Wie wär's um zwei Uhr?«

Elliot fiel ein, daß er Lucy um drei von der Schule abholen mußte. »Geht es etwas früher?«

»Um eins?«

»In Ordnung.«

»Gut. Kommen Sie nach 811 Charles Street. Fragen Sie einfach nach mir.«

»Ja«, sagte Elliot. »Okay. Und ... danke, danke vielmals.«

»Bis dann.«

Ein Klicken, und dann schwieg das Telefon. Es gibt noch Wunder heutzutage, dachte Elliot.

Der Tag wollte und wollte nicht zu Ende gehen. Paula kannte jetzt ihren Text, und es war nichts als monotones Gequassel. Die Menge kam wie Flut und Ebbe, angezogen von einem schimmernden Lenkrad, einer Tür, die nach oben aufging, einem Modell, dessen enge Höschen ihre Pobacken zur Hälfte freiließen, einem neuen Speichenrad, einem Stoffmuster für die Polsterung der Sitze, einem Blick, einem Blitzlicht. Jetzt, da Paula ihre Rede auswendig hersagte, hörte kein Mensch mehr zu. Wer schert sich um einen Subaru, dachte Paula nach ihrem Mittagessen, das aus einem Hot Dog bestand. Sie kletterte wieder auf ihre rotierende Bühne mit der kostbaren Last. Am liebsten hätte sie dem Subaru in die blinkende Seite getreten. Um fünf Uhr dachte sie, sie müsse vor Erschöpfung umfallen.

Als sie endlich aus einer Seitentür des Coliseums verschwinden konnte, hörte sie eine Stimme rufen: »Paula, Paula!«

Sie drehte sich um und sah Donna auf sie zulaufen.

»Wohin so eilig?« fragte Donna.

»Ich möchte Lucy wenigstens noch mal sprechen, bevor sie schläft.«

»Hör zu«, sagte Donna, »ich hab' was für dich.«

»Ich höre.«

»Die Maserati-Leute geben heute oben im Twenty-One eine kleine Party.«

»Nett von Ihnen.«

»Warte doch mal. Der Junge, dieser Giorgio, will unbedingt, daß du dabei bist.«

»Ich?«

»Ich will das schöne Mädchen sehen, das mit den lachenden Zähnen.«

»Ich kann nicht«, sagte Paula ernsthaft.

»Warum denn nicht?«

»Ich muß nach Hause.«

»Jetzt begreife ich überhaupt nichts mehr«, sagte Donna. »Er ist einfach Spitzenklasse. Er hat mir gesagt, daß ich dir das sagen soll.«

Paula lief schon weiter. »Blöd, wenn es an einem anderen Abend wäre . . .«

Draußen war es kühl und roch nach Regen. Donna stand da und sah Paula nach. »Jeder Abend ist gut, so lange man lebt«, sagte sie. Aber niemand war da, der ihr zuhörte.

Paula rannte die Treppen hinauf, holte vor ihrer Tür die Schlüssel heraus — und eine kleine Haarbürste. Schnell, jedoch sehr sorgfältig, bürstete sie ihr Haar zurecht, und dann erst schloß sie die Tür auf.

Was hing denn da? Paula ging näher. An einer Schnur hing ein Stück Pappe, auf dem stand: *Siehe Nachricht an schlafendem Kind.* Paula ging ins Schlafzimmer und sah Lucy tief schlafend im Bett liegen. An ihrem Nachthemd war ein Zettel befestigt. Einen Augenblick lang mußte Paula an Tonys Brief unter dem Knopf am Fernsehapparat denken. Sie war neugierig, was auf dem Zettel stand.

Dies ist das schlafende Kind. Gib ihm einen Gute-Nacht-Kuß und komm aufs Dach zu einer Privatparty. Abendkleid erwünscht. Lächelnd beugte Paula sich über Lucy und küßte sie auf die Stirn. Und schon war sie auf der Feuerleiter und kletterte bis zur Eisentür, die zum Dach führte. Dahinter war nächtliche Dunkelheit.

»Elliot? Elliot, bist du hier? Sag doch was. Ich kann Dunkelheit nicht ausstehen.«

Plötzlich hörte sie leise Musik. Eine Gitarre. Und dann das Geräusch eines Streichholzes, das angezündet wurde. Eine Kerze brannte. Paula ging vorsichtig über das Dach, immer auf das kleine Licht zu. Sie fand eine Holzkiste und zwei ihrer Küchenstühle daneben. Auf der Kiste standen zwei Gläser und eine Champagnerflasche. Eine Stimme, die fast wie die von Humphrey Bogart klang, sprach heiser aus dem Dunkel. »Hab' ich nicht Abendkleid gesagt, Kleine?«

Paula fuhr herum und in die Arme von Elliot, der direkt hinter ihr stand. Er trug einen uralten Frack. Sie wollte lachen, aber gleichzeitig kamen ihr die Tränen.

»Diese Party muß bis morgen neun Uhr früh gelaufen sein. Sonst muß ich noch fünf Dollar für den Frack hinblättern.«

Und dann hielt er sie fest und fing an mit ihr zu tanzen, zu einer unhörbaren, aber für beide fühlbaren Musik wirbelten sie über das Dach.

»Nur keine Panik! Selbst Ginger Rogers wurde bei ihrem ersten Tanz mit mir nervös.«

Er summte *Dancing Cheek to Cheek* in ihr Ohr, und Paula fühlte ihre Tränen über die Wangen rinnen.

»Worüber weinst du denn?«

»Keine Ahnung. Ich bin in romantischen Situationen eine Nulpe.«

»Elliot Garfield«, sagte Elliot, »ist eine vielseitige schillernde Persönlichkeit.« Er zog sie noch enger an sich und flüsterte: »Ich hab' 'n neuen Job.«

»Ernsthaft?«

»Ja, einen richtigen Job. Ich soll wieder auf die Bühne.«

»Das darf doch nicht wahr sein.«

»Ist aber wahr.«

»Ich halt' das im Kopf nicht aus.«

»Du mußt das ja auch nicht — aber ich!«

»Wo?«

»Das Unternehmen nennt sich ›Inventar‹. Ist 'ne neue Improvisationsgruppe in der Charles Street.«

»Aber das ist ja herrlich. Fantastisch!«

»Die Agentin war in *Richard III.* und sagte, wenn ich *das* kann, dann kann ich alles.«

Ein Blitz zerriß den tintenblauen Himmel, und eine Sekunde später hörten sie das dumpfte Rollen fernen Donners.

Paula erschrak. »Bitte nicht! Lieber Gott, laß es nicht regnen.«

»Hast du Angst, daß der Anzug eingeht? Macht nichts, ich wachse sowieso nicht mehr.«

»Hast du denen denn schon vorgespielt? Wann?«

»Heute nachmittag. Ich hab' ihnen eine feine Kostprobe hingelegt. Improvisation natürlich. Mit diesem Mädchen, na, wie heißt sie denn: Linda! Sehr talentiert.«

»Ist sie hübsch?«

»Nein, nein. Häßlich. Ganz ungestupste Nase.«

»Gut.«

»Ich war Abraham Lincoln. Seine Frau ist verreist. General Grant führt mich in ein Bordell in Virginia ein, wo ich dann ganz auf die vornehme Tour ... Zieh bitte nicht an meinem Bart, liebe Dame. Ich bin der Präsident ...«

Paula zog seinen Kopf zu sich und küßte ihn lange. Wieder durchzuckte ein Blitz das Dunkel, Donner grollte. Es fing an zu regnen.

»Sehr große Tropfen«, sagte Elliot. »Mein Vater hat mir immer erklärt, daß große Tropfen bedeuten: der Regen dauert nicht lange.«

»Nicht aufhören«, flüsterte Paula. »Ich hab' noch nie im Regen getanzt.«

»Was heißt hier tanzen. Meine Pizzas saufen ab.«

Er zog sie hinter sich her zu dem improvisierten Tisch, sie griffen Champagner, Pizza und Stühle und liefen zur Tür. Paula zog am Türgriff, aber sie öffnete sich nicht.

»Laß mich mal«, sagte Elliot. Der Regen goß in Strömen. Er zog, aber nichts geschah. Er bückte sich und sprach zum Türgriff. »Verdammte Tür, öffne dich, oder ich bring' dich um. Öffne dich, du Tür eines Hurensohns.« Er zerrte noch einmal, und die

137

Tür ging auf. Er zog Paula wieder hinter sich her. »Man muß nur praktisch veranlagt sein«, sagte er, als sie im Trockenen standen.

Er zündete die Kerze an und stellte sie auf die oberste Stufe. Dann öffnete er die Flasche, goß ein und servierte ihr die Pizza auf einem orangefarbenen Pappteller.

»Endlich weiß ich, wie nasse Tennisschuhsohlen schmecken«, sagte Elliot und biß in das zweite Stück Pizza. Paula schlürfte Champagner.

»Also, was geschah, als du dahinterkamst, daß Tony die andere hatte?« fragte Elliot.

»Bobby«, korrigierte ihn Paula. »Tony kommt nach Bobby. Ach, weißt du, das passiert immer wieder auf Tournee. Er ist sechs Monate mit dem Stück unterwegs, fühlt sich einsam. Du bist nur dann gut verheiratet, wenn dein Mann einen Reinfall erlebt. Er ist zwar pleite, aber er ist wenigstens zu Hause.«

»Und wo ist dir Tony über den Weg gelaufen?«

»Ich schäme mich, dir das zu erzählen. Ist mir richtig peinlich.«

»Warum? War es an einem so perversen Ort wie — einem Museum?«

»Leider nicht. Ich hab' ihn in *Wenn der Einsame kommt* gesehen, im Circle-in-the-Square.«

»Aber die Einsamkeit war nicht das einzige, das kam, was?«

»Er war nicht sehr gut ... aber er war — na, ein Schlaganfall! Um-wer-fend!«

Elliot rollte mit den Augen.

»Ich konnt' den Blick nicht von ihm wenden ... Kennst du, nicht wahr? Jedenfalls starrte ich ihn unentwegt an und war wie hypnotisiert.«

»So was passiert immer nur *anderen* Schauspielern«, klagte Elliot.

»Sei nicht wieder albern. Für mich war das furchtbar ernst. Ich wartete am Bühnenausgang, bis er kam und hab' mich ihm selbst vorgestellt. Wie ein echtes Groupie. Eine Woche später zogen wir zu ihm. Tja, solche Sachen hab ich damals getan.«

Elliot kaute am letzten Stück Pizza. »Weswegen eigentlich?«

Paula kicherte. »Hast du schon mal als dritte von links in einem Musical getanzt?«

»Nicht, daß ich mich erinnern könnte.«

»Na, jedenfalls haben die Jungen da meist höhere Stimmen als die Mädchen. Zehn Jahre mit diesen Typen, und du sehnst dich nach einem echten Macho Kerl.« Unbewußt warf Elliot sich in die Brust.

»Gottlob habe ich auch *diese* Periode hinter mir«, sagte Paula.

»Ich lasse diese Bemerkung unbeantwortet«, sagte Elliot. Er sah auf. Ihre Augen glänzten.

»Schlafen wir heute nacht zusammen?« fragte Paula.

»Ich weiß nicht, ob *schlafen* das richtige Wort ist«, lachte Elliot.

Sie sah ihn unentwegt an.

»Ich sag' dir was: von allen Mädchen, die ich heute getroffen habe, bist du die Größte.« Seine Augen wurden schmal. »Was denkst du darüber, nein, was fühlst du?«

»Nervös«, sagte Paula. »Durchaus nicht abgeneigt, aber sehr nervös.«

Beide fingen an zu kichern.

Auf Zehenspitzen schlichen sie in Elliots Zimmer. Kaum hatte er die Tür hinter sich zugemacht, fing er an, sie überall zu küssen. Sie spürte, wie ihr heiß wurde. Das süße Schwellen ihrer Brüste, die fast schmerzende Sinnlichkeit zwischen ihren Schenkeln. Er ließ seine Zunge in ihrem Ohr flattern. Allmählich zog er sie aus, bis sie nur noch in Höschen und hochhackigen Schuhen vor ihm stand.

»Hübsch«, sagte er und lehnte sich zurück, um sie genüßlich anzusehen. »Sehr, sehr hübsch. Vielleicht machen wir eine Doppelseite von Ihnen, Mrs. McFadden.«

Jetzt zog auch er sich aus. Nach jedem Kleidungsstück, das er abwarf, küßte er einen Finger von ihr. Jedesmal durchfuhr die Berührung sie wie ein elektrischer Schlag. Als er endlich nackt war, atmete sie heftig. Er zog sie neben sich und küßte sie. Ihre Zungen spielten miteinander, und er streichelte Paulas Körper. Endlich — sie stöhnte schon leise — schob er eine Hand zwischen ihre Beine.

Es war eine wunderbare Nacht. Elliot war ein großartiger, sensibler Liebhaber (wie sie sich eigentlich schon gedacht hatte). Ein erfahrener, geschickter Liebhaber, aber vor allem ein Mann, der an sie dachte, und nicht an sich.

»Mein Genuß ist von deinem nicht zu trennen«, sagte er nach dem zweitenmal.

»Ich dachte, ich drehe durch«, wisperte Paula.

»Das schien mir auch so«, lächelte er zärtlich. »Obwohl manche Menschen schon wimmern, wenn ihnen der Hut runterfällt.«

Um halb sechs Uhr in der Frühe verließ sie sein Zimmer. Lautlos schlich sie in ihr Schlafzimmer und ins Bett.

Lucy drehte sich um. »Wo warst du?«

»Oh! Bist du wach? Ich konnte nicht schlafen. Darum ging ich ins Wohnzimmer und hab' gelesen.«

»Was hast du gelesen?«

Paula sah ihr in die Augen. »*Das Leben von Abraham Lincoln.* Ist doch ganz egal. Nun schlaf wieder ein.«

Sie streckte sich aus und wollte eben in tiefen Schlaf fallen, als Lucy fragte: »Wann ziehe ich wieder in mein altes Zimmer?«

Der Schinken auf der Pfanne rollte sich bereits, und sein Duft zog durch die Küche in die Diele. Paula machte die Flamme auf und warf den Inhalt der Pfanne auf ein Küchenpapier, das das Fett aufsog. Nach einer Sekunde legte sie den Schinkenstreifen auf einen Teller und stellte ihn auf den Tisch. Sie setzte sich neben Lucy, die unlustig in einer Büchse mit Sardinen stocherte.

»Möchtest du welche?«

Lucy schüttelte den Kopf. Sie sah ihre Mutter nicht an.

Paula pickte in ihrem Schinken herum, als Elliot erschien. Er machte eine theatralische Verbeugung.

»Einen sehr guten Morgen wünsche ich den Damen. Bitte keinen Beifall.«

Er setzte sich zu ihnen und lud sich Schinken auf den Teller. Dann sah er von Paula zu Lucy, aber beide schienen ihn überhaupt nicht zu bemerken. »Und was gibt's für Neuigkeiten an diesem schönen Morgen?«

Keine Antwort.

»Ruhiger Frühling, scheint mir?« sagte Elliot immer noch bester Laune.

Paula fing seinen Blick auf, sah zu Lucy hinüber und dann wieder zu ihm. Sie machte eine kleine Bewegung mit dem Kopf.

»Also nichts Neues heute morgen«, stellte Elliot fest. »Auch gut.« Er biß in sein zweites Stück Schinken. »Ich mag ihn nicht so knusprig, aber auch nicht fleischig. Leicht und fett, so möchte ich ihn haben.«

Lucy saß immer noch mit gesenktem Kopf am Tisch.

»Es heißt, dieser Lausejunge Lindbergh versucht über den Atlantik zu fliegen«, erzählte er mit der zittrigen hohen Stimme eines alten Mannes.«

Keine Antwort.

»James Stewart will daraus einen Film machen, er natürlich als Lindbergh.«

Keine Antwort.

Schließlich sagte Paula gezwungen: »Sie hat heute nacht nicht gut geschlafen.«

Lucy fuhr auf: »Wahrscheinlich nicht nur ich!« Sie sammelte ihre Bücher vom Fußboden auf, packte sie in die Tasche und sagte: »Bis heute abend.«

Sie lief hinaus, und schon hörte Elliot, wie die Tür zugeworfen wurde.

»Sie ist uns auf die Schliche gekommen, was? Ulkig, ich hätte geschworen, das kleine Gör wäre ganz auf unserer Seite.«

»Nenn sie nicht Gör. Das kann sie nicht vertragen.«

»Ooohhh, wie bedauerlich. In Chicago ist das ein Ausdruck der Zuneigung, 'ne Zärtlichkeitsform.« Er nahm ihre Hand. »Was ist denn mit dir los, Kleine?«

»Gar nichts.«

»Das freut mich. Gibt's Toast mit Butter — solange ich meinen Körper überanstrenge?«

»Sie hat Angst, das ist alles.«

»Lucy? Das darf doch nicht Gottes freier Wille sein!«

»Doch. Sie hat einfach Angst, daß sich das wiederholt, was wir eben hinter uns haben.«

»Was ist das mit euch? Seid Ihr Verbündete? Ich dachte, gestern nacht hatte ich es nur mit dir zu tun.«

»Alles, was mein Leben betrifft, geht auch sie an.«

»Das verstehe ich«, sagte Elliot.

»Und ich habe Angst, genau wie sie.«

»Aber das ist doch wirklich nicht nötig. Ich bin ein wunderbarer, sensibler, netter, lieber Mensch. Ich kann Referenzen beibringen — von drei Pfarrern und einem Augenarzt.«

»Hör mal zu«, sagte Paula leise, »würde es dich furchtbar treffen, wenn wir einfach alles, was letzte Nacht angeht, vergessen?«

»Zu spät«, erwiderte Elliot. »Ich habe schon alles in meinem Tagebuch vermerkt.«

Sie stand auf, deckte den Tisch ab und fing an abzuwaschen. »Sieh mich an.«

»Das mache ich pausenlos. Sehr hübsch. Allererste Klasse.«

»Ich stehe hier, meine Hände zittern, ich bin ganz durcheinander, kann nicht mehr klar denken. Ich habe keinen kühlen Kopf mehr! Woran denkst du denn?«

»An Schinkenspeck«, teilte Elliot vergnügt mit.

»Anstatt mich mit Fragen zu bombardieren . . .«

»Was für Fragen? Das hier ist wohl die erste.«

». . . könntest du mir zumindest doch sagen, daß es letzte Nacht wundervoll war.«

»Letzte Nacht war wundervoll.«

»Anstatt über dein verdammtes Frühstück und gebutterten Toast nachzudenken, könntest du mich ansehen und sagen, daß du verrückt nach mir bist.«

»Ich bin verrückt nach dir.«

»Es ist wahrhaftig nicht schwer, mir alles nachzureden.«

»Ich wollte es ja sagen, aber du hast mir gar keine Möglichkeit gegeben.«

»Warum berührst du mich nicht?« fuhr Paula fort. »Ich meine nicht, so ganz direkt, ich meine, warum hältst du nicht meine Hand, streichelst mein Haar, läßt mich einfach wissen, daß zwischen uns beiden ein — schönes Gefühl besteht.«

Elliot stand auf. »War ja. Ich meine, *ist* ja.« Er ging zu ihr, aber sie wich zurück.

»Vergiß es. Es ist zu spät. So geht es nicht — ich meine, daß ich alles für dich denken muß.« Paula hämmerte mit der Faust auf den Rand des Abwaschbeckens. »Mein Gott, ich muß verrückt sein. Ich fall' immer wieder auf meine idiotischen Gefühle rein, als ob ich dafür bezahlt würde ... Werde ich denn niemals etwas dazu lernen?«

»Da gibt es nichts zu lernen, Paula, das ist nicht wie Algebra. Jede Situation ist anders.«

»Hör mir gut zu«, sagte Paula, »ich kann nicht noch mal die große Liebe durchmachen. Kann ich nicht. Das geht einfach über meine Kraft.«

»Dann leg' dich hin.«

»Ich bin überzeugt, wir beide würden viel besser dran sein, wenn du deine Sachen packst und gehst. Ich habe nichts gegen dich ...«

Elliot starrte sie an. »Jetzt weiß ich endlich, warum sie dich alle verlassen haben.« Er deutete mit dem Zeigefinger auf ihr Herz. »Kaputt! Absolut kaputt, meine Dame! Sie leiden an einem schweren Anfall emotionaler Verkümmerung.« Er ging zur Tür. »Ich *gehe* nicht, ich ergreife die Flucht!«

»Du willst doch nicht ...«

»Falls Post für mich kommt, behalte sie. Ich geb' dir meine neue Adresse bestimmt nicht.«

Er lief in sein Zimmer und warf krachend die Tür hinter sich zu. Paula spürte einen Kloß im Hals, Tränen stiegen ihr in die Augen. Eine Minute später stand Elliot schon wieder in der Küchentür. In der Hand hielt er seinen leeren Koffer.

»Nur im Vorbeigehen möchte ich noch sagen, daß letzte Nacht schlichtweg grandios war.«

»Elliot ...«

»Ein Gipfelsturm menschlicher Gefühle. Ich geb' dir neun Punkte auf einer Skala von zehn. Einen Punkt weniger durch deinen Schluckauf. Aber im Grunde tendiere ich eher zu zehn Punkten.«

»Zerstör nicht das Gute an unserer Begegnung! Letzte Nacht habe ich sehr viel über mich erfahren.«

Elliot war sehr wütend. »Könntest du deine Neurose für eine Minute bitte herunterschrauben. Ich bin noch nicht fertig.«

»Ich dachte, das bist du längst.«

»Befiehl mir nie, wann ich zärtlich zu sein habe! Ich berühre, wenn ich berühren will! Ich streichle, wenn ich streicheln will.«

»Oh?«

»So ist es. Ich wollte dich die ganze Zeit beim Frühstück anfassen, halten. Aber nicht beim Toast. Beim Toast hatte ich keine Lust dazu, da hatte ich schlichtweg Hunger.«

Paula hätte fast aufgelacht, aber sie nahm sich noch rechtzeitig zusammen.

»Weißt du, wo dein Problem liegt?« fragte Elliot.

»Nein, aber du wirst es mir bestimmt mitteilen.«

»Du willst zwar einen Mann haben. Aber sowie einer die Initiative ergreift, wie ich letzte Nacht, kriegst du eine Scheißangst. Entschuldige den vulgären Ausdruck.«

»Also, jetzt spinnst du endgültig.«

»Du hast nicht am Bühneneingang auf mich gewartet. *Ich* bin rangegangen. *Ich!* Stimmt's?«

Sie gab keine Antwort.

»Ich hab' dich zuerst berührt«, fuhr Elliot fort. »Und damit kannst du nicht fertig werden, oder?«

»Das ist doch lachhaft. Und albern. Du bist ein alberner Kerl. Du bist der albernste Mann, der mir je über den Weg gelaufen ist.«

»Du weißt ganz genau, daß ich richtig liege«, sagte Elliot.

»Nicht die Spur.«

»Und du kennst dich gut genug, um zu überhören, was ich sage. Weißt du, was wir hier machen?«

»Blödsinn.«

»Wir spielen *Der Widerspenstigen Zähmung.* Abgesehen davon, Kate, daß du bockig bist wie ein halbes Dutzend Maulesel, war das Erlebnis mit dir heute nacht das größte, das ich je mit einer Frau hatte. Und wenn du heute morgen nicht die Platte mit einer alten Jungfer drauf gehabt hättest, dann würden wir die noch fehlenden Streicheleinheiten bis fünf Uhr nachmittags ergänzen. Dann muß ich zur Probe.«

Paula dachte an die Nacht, an das grenzenlose Entzücken, die alles überschwemmende Lust.

Paula sah ihm nach, als er hinauslief. Sie war bisher noch

immer mit sich ehrlich gewesen, und jetzt wollte sie es auch versuchen. Ja, der Mann hatte die Wahrheit gesagt. *Wenn du die Wahrheit erfährst, wirst du wissen, daß die Wahrheit dich unglücklich macht.* Nein, so mußte es nicht sein. Sie mußte nur ihren Mund weit aufsperren und ein wahnsinnig großes Stück Stolz herunterschlucken. Danach war eine Belohnung unausbleiblich. Sie holte tief Atem, ging zu Elliots Tür, zögerte — und dann machte sie sie weit auf. »Stell den Koffer nicht aufs — Bett.«

12

Um halb drei hatte Lucy vierhundertdreißigmal ›Ich darf in der Klasse nicht reden‹ geschrieben. Mrs. Fanning hatte die Strafarbeit natürlich nicht vergessen und ihr gesagt: »Wenn du deine Schularbeiten zu Hause nicht machen kannst, wirst du sie vielleicht hier fertigbringen.« Und so hatte Lucy keine Ahnung, was heute im Unterricht vor sich gegangen war, da sie sich auf ›Ich darf in der Klasse nicht reden‹ konzentrierte.

»Wie hast du das bloß alles fertig gebracht?« fragte sie flüsternd Cynthia.

»Mein Bruder hat mir geholfen«, erklärte Cynthia. »Er ist sieben und meinte, es macht ihm Spaß. Und meine Mutter auch.«

»Deine Mutter?«

»Klar. Sie interessiert sich sehr für meine Schularbeiten und so 'n Zeug.«

»Mädchen!« kam Mrs. Fannings Stimme vom Pult her. »Ich sehe dich, Mädchen. Und auch deine Freundin. Seid endlich ruhig.«

Lucy und Cynthia machten sich wieder an ihre jeweiligen Arbeiten. Cynthia suchte auf einer Landkarte den Verlauf des Orinoco. Lucy schrieb fünfundzwanzigmal untereinander das Wort ›darf‹. Nach zehn Minuten lehnte Cynthia sich vorsichtig zu ihr herüber.

»Was macht ..., du weißt schon?«

Lucy hob die Schultern. »Frag mich was Leichteres.«

»Ist er mit deiner Mutter irgendwie weitergekommen?«

»Ich weiß nicht, wie weit sie miteinander gekommen sind, und es ist mir auch piepegal.«

»He«, sagte Cynthia verblüfft. »Was ist denn los? Ich dachte, er ist reines Dynamit?«

»Mir ist wirklich nicht danach ...«

»Jetzt ist es genug!« kreischte Mrs. Fanning. »Genug! Jede von euch beiden Mädchen schreibt noch dreihundertmal ›Ich darf in der Klasse nicht reden‹. Und zwar bis morgen.«

»Also schreib' ich einfach weiter«, sagte Lucy resigniert.

Um fünf nach drei liefen die beiden Mädchen die Stufen von der Schule herunter. Es war ein sonniger, windiger Tag. Lucys Haar flog in der Brise. Hinter ihr hörte sie Hufgeklapper. Und dann eine bekannte Stimme: ›Lady Anne! Lady Anne!‹ Als sie sich umsah, hielt eine Droschke mit einem braunen und einem weißen Pferd hinter ihr. Vorn saß ein Kutscher, und Elliot lehnte sich aus dem Fenster.

»Der Schwarze Prinz ist tot! England gehört Euch.«

Sie sah ihn ohne zu lächeln an.

»Du willst nicht England? Wie wär's mit Spanien? Spanien krieg' ich billig für dich.«

»Was machst du in dem Ding da?«

»Steig' schnell ein. Das Pferd hat einen Tachometer eingebaut, und der tickt.«

Cynthia, die neben Lucy stehen geblieben war, kicherte.

»Wohin?« fragte Lucy kurz angebunden.

»Wir fahren heim«, sagte Elliot verträumt. »Heim nach Tara.« Er summte die Melodie aus *Vom Winde verweht.* »Willst du bitte einsteigen?«

Er hielt den Schlag auf, und Lucy kletterte in die Droschke. Elliot lächelte Cynthia an. »Cynthia Fine, stimmt's?«

Sie nickte und lächelte zurück.

»Siehst du, dachte ich mir doch, daß du auch eine Aura hast.«

Cynthia stemmte die Hände in die Hüften und schrie zu Lucy hinauf. »Lucy, das hast du gepetzt. Dir erzähle ich nichts mehr. In meinem ganzen Leben. Außerdem hab' ich das nie gesagt.«

Sie fuhren ungefähr zwanzig Minuten spazieren, stiegen einmal aus, um einen Hot Dog zu essen, und zum Schluß kletterten sie die Treppe hinauf, die zur Gondelbahn zum Roosevelt Island führte.

»Ich wäre gern noch länger in der Droschke gefahren«, erklärte Lucy, als sie in der Gondel saßen.

»Ich auch«, sagte Elliot. »Leider nahm der Kutscher kein Inflationsgeld.«

New York lag unter ihnen — die Boote auf dem East River, die Zwillingstürme, die Brücken, Straßen, Menschen. Noch voller Leben, dachte Elliot. Wie ein sterbender Mann, der noch nicht weiß, daß es zu Ende geht. An einem Tag, wenn ihn die Arthritis nicht schmerzt und er atmen kann, und seine Knie nicht steif sind, dann denkt er, daß er ewig leben wird.

»Möchtest du heute zu meiner Premiere kommen?« fragte er Lucy. »Ich schulde dir noch 'nen Spaß nach dem letzten Reinfall.«

Lucy sah weiter hinunter auf das Gewühl. »Ich muß Schularbeiten machen.«

»Warum bist du so sauer?«

»Ach, nichts.«

Elliot wackelte mit dem Kopf. »Na, da du und ich heute abend unsere Zimmer tauschen, glaube ich, daß das der Grund für deine miese Laune sein könnte. Ich bin ein bißchen altmodisch in solchen Sachen. Und ich bitte dich um dein Einverständnis.«

»Meins? Ich bin erst zehn Jahre alt und darf noch lange nicht wählen.«

Man stelle sich das vor, dachte Elliot. Zehn Jahre, und schon so sarkastisch. Muß sie von ihrer Mutter geerbt haben.

»Sehr schlagfertig, Kleine. Ich bewundere dich.«

Lucy warf ihm einen drohenden Blick zu.

»Oh, tut mir leid. Wie ich höre, hast du was gegen ›Gör‹ oder ›Kleine‹.

Lucy schlug mit den Fäusten auf ihren Sitz. »Ich bin 'ne Kleine. Paßt genau.«

Was geht nur in ihrem Kopf vor, dachte Elliot verwundert. Auf welcher Ebene kann ich ihr begegnen? Sie ist ein Kind, das stimmt, aber ein Kind, das viel gesehen hat, viel herumgestoßen wurde. Glich sie darin schon einer Frau, einer erwachsenen, erfahrenen Frau? Kann ich mit ihr wie mit einer Erwachsenen sprechen?

»Magst du mich?« stieß er hervor.

»Du verpulverst nur dein Geld, ich fahr' nicht gern Gondelbahn.«

»Beantworte meine Frage«, sagte Elliot laut und bestimmt. Ein alter Mann, der ihnen gegenüber saß, horchte erstaunt auf. »Magst du mich?«

»Das solltest du lieber Cynthia Fine fragen.«

»Lucy ...«

»Sie ist verrückt nach dir. Obwohl sie dich nicht mal kennt. Vielleicht ist das ganz gut.«

»Ich frage so lange, bis du mir eine Antwort gibst.«

Lucy sah an die Decke. »Kann man sich hier irgendwo übergeben? Ich werde seekrank.«

»Lucy ...« sagte Elliot ungerührt.

Sie sah sich um. »Kann ich aus dem Ding nicht aussteigen?«

»Antworte mir, gottverdammt!« Am liebsten hätte Elliot sie gepackt und geschüttelt. »Ja oder nein? Deine Antwort kann allerdings sowieso nichts an der Tatsache ändern, daß ich mit deiner alten Dame zusammenziehe. Aber ich will es von dir hören: Ja oder nein?«

Lucy fing an zu schluchzen.

Ich übe zuviel Druck auf sie aus. Sie hat vielleicht das Mundwerk einer Erwachsenen, aber nicht den Verstand. Das Schutzschild der Erfahrung. Er legte eine Hand auf ihre Schulter.

»Nein!« sagte sie.

»Was?«

»Ja.«

»Ja?« fragte Elliot.

»Nein. Ich meine ja.«

»Sehr?«

»Ja.« Jetzt heulte sie los, die Tränen stürzten nur so aus ihren Augen.

»Sehr, sehr, sehr, *SEHR?*«

»Ja.«

»Was?«

»Ja!«

»Ich kann dich nicht verstehen.«

»Ja, ja, *JA, JAAAA!*«

Der Mann gegenüber sah ihn so entsetzt an, daß Elliot fürchtete, er würde am Schluß der Fahrt einen Polizisten holen und ihn als Kinderverderber anzeigen.

»Gut«, sagte er. »Und das sage ich dir; so sehr du mich magst ... ich hab' dich tausendmal mehr gern. Ich hab' einen Narren an dir gefressen. Das ist wahr! Ich schwöre es dir, Lucy.«

Er zog sie an sich, und in diesem Augenblick, mit der Stadt, die unter ihnen vorbeizog, wußte er, daß er sie liebte. Klar und einfach: Liebte. Er hatte ein so starkes Gefühl für sie, wie er es noch nicht gekannt hatte. Er preßte sein Gesicht an ihre Wange, die sofort naß von Tränen war. »Du kannst den ganzen Wagen vollheulen, ist mir ganz egal. Ich sag's dir doch: Ihr werdet mich nicht mehr los, weder du noch deine komische Mutter. Und nun schnaub das alles in dein Taschentuch.«

»Hab' keins.«

Elliot zog eins aus der Tasche, es war aus Papier und zerriß. »Geht nicht«, sagte er. »Ich habe das Gefühl, du mußt mir die Jacke naßheulen.«

Auf dem Heimweg sah Lucy wieder die Pfütze, die nie trocknete, und die sie schon seit Jahren verwirrte. »Das ist doch sehr merkwürdig«, sagte sie und deutete auf das runde Naß. »Du kannst alle Farben drin sehen. Wie ein Regenbogen.«

»Ja, stimmt«, sagte Elliot. »Obenauf liegt ein dünner Ölfilm. Die Farben entstehen, weil das Öl verschieden dick ist und darum den Lichteinfall unterschiedlich reflektiert. Und das Öl verhindert auch die Verdunstung des Wassers.«

»Heiliger ... du bist wirklich unglaublich!« rief Lucy begeistert aus.

»Ich war immer gut in Physik«, erklärte Elliot. »Darum bin ich dann auch Schauspieler geworden.«

Sie fuhren im Fahrstuhl hinunter, und Donna meinte, einen Tagtraum zu haben. »Ich höre doch wohl nicht recht«, sagte sie.

»Doch, ganz richtig.« sagte Paula.

»Sag's noch mal.«

»Elliot zieht zu mir.«

»Oh, mein Gott!« Donna schüttelte den Kopf. »Elliot zieht zu euch? Du meinst, Ihr wollt zusammen leben?«

Paula sah sich um. »Ein bißchen lauter, Donna. Auf der Straße hat man dich noch nicht gehört.«

Sie waren unten angekommen und gingen hinaus.

»Mein Gott!«

»Bitte! Bitte nicht!«

»Was?«

»Sag nicht immerzu ›Mein Gott‹. Weil ich das schon den ganzen Tag lang sage. Ich bin schon genug durcheinander. Mach mir Mut. Ich zahl' dir ein gutes Honorar, wenn du mich ermutigst.«

Donna schüttelte immer noch den Kopf. »Wann wirst du endlich was lernen?«

»Ich hab' was gelernt, bin zweimal durch eine Schule gegangen und beide Male sitzengeblieben.«

»Aber er ist anders, ja?«

»Er ist anders. Das ist ein guter Mann, Donna. Er ist süß, und er ist freundlich, und er ist komisch, und er ist liebevoll.« Sie sprach überzeugend.

»Und er ist Schauspieler.«

»Nur von Beruf. Von Geburt ist er ein Mensch.«

Das Theater faßte vielleicht hundert Menschen. Selbst Beifall von hundert Menschen hört sich nicht gerade überwältigend an. Elliot und Linda kamen auf eine stockdunkle Bühne, stellten ihre Stühle hin und setzten sich drauf.

»Können wir bitte Licht haben?« rief Elliot laut.

Das Licht ging an, und er konnte Lucy in der ersten Reihe erkennen.

»Okay«, sagte Elliot. »Und nun eine kleine Improvisation. Wieviele Autoren haben wir heute unter uns, eh?«

Verstohlenes Klatschen.

Dreiundzwanzig Autoren, dachte Elliot. Kein übler Abend. »Okay, gebt uns die Situation und die Charaktere. Linda und ich machen dann das übrige ... In Ordnung?«

Keine Antwort.

»Also: wer hat eine Situation. Kommt, ah, da sehe ich eine Hand.« Gott sei Dank, dachte er.

Ein Mädchen rief: »Ein Junge bittet ein Mädchen um eine Verabredung.«

»Ein Junge bittet ein Mädchen um eine Verabredung«, wiederholte Elliot. »Sehr schön. Wer ist der Junge?«

»Albert Einstein«, sagte ein anderes Mädchen.

»Schön. Albert Einstein ist der Junge. Und das Mädchen ...«

»Gertrude Stein«, schrie das erste Mädchen.

Das Publikum lachte und klatschte.

»Wäre möglich«, sagte Elliot. »Ihre Mütter haben es arrangiert. Okay, Albert Einstein bittet Gertrude Stein, er will sie treffen.«

Er beugte sich zu Linda hinüber. Sie war ein molliges Mädchen, an einigen Stellen quoll sie schon über. Sie war schizoid, paranoid, manisch-depressiv, freundlich, entzückend und sehr begabt. »Ich fange an«, flüsterte Elliot. »Irgendwelche Probleme?«

»Mein Po juckt«, sagte Linda.

»Ich hab' dir doch gesagt, du sollst dir ein Kissen unterlegen«, flüsterte Elliot. »Also, auf los geht's los.«

Er spielte eine Pantomime, wählte eine Telefonnummer. Fünf ... sieben ... nein, Zwölf ... fuffzehn ... zwanzig ... quadratwurzel aus drei ... und sechs zu einem Achtel eines Parallelograms.«

Er wartete auf ein imaginäres Läuten. »Ring, ring, ring ... und nochmal brrring.« Linda nahm ein Phantom-Telefon ab. »Hallo ist Hallo ist Hallo?

»Allo? Miss Schtein?«

»Ja. Hier ist Miss Stein. Wer ist am Apparat ist am Apparat ist am Apparat?«

»Wat? Können Sie bißchen lauter sprechen, bittescheen?«

»Entschuldigung«, sagte Linda, »ich bin so beschäftigt, meine Autobiographie zu leben. Wer ist dort?«

»Hier ist Albert Einstein. Relativ lange Entfernung von Princeton.«

»Oh, Princeton. Wie läuft's denn da?«

»Nicht schlecht. Wir haben heute Dartmouth geschlagen, einundzwanzig zu sieben pi Quadrat.«

»Ist das nicht nett?« sagte Linda. »Einen Augenblick, bitte. Pablo, hör endlich auf zu weinen. Ich hab' deine traurige Periode endgültig satt. Hallo? Ja. Es tut mir leid. Ich habe Sie unterbrochen ...«

»Sie sind sehr beschäftigt, wie? Ich störe doch nicht, oder?«

»Nein, nein, gar nicht. Ich nehme nur eben ein Bad ... Alice, plantsch nicht so. Ich bin am Telefon. Sprechen Sie weiter, Albert.«

»Nu, Sie erinnern sich nicht an mich, aber wenn wir beide acht Punkt drei sieben Jahre alt waren, wenn Sie mir die Taktlosigkeit der Annahme verzeihen, saß ich in Mathe neben Ihnen.«

»Mathe?«

»Ich glaube, das ist die Abkürzung für Mathematik, aber wer weiß schon. Jedenfalls saß ich neben Ihnen.«

»Waren Sie der mit dem wilden, fusseligen, langen Haar und dem abwesenden Blick?«

»Neee. Ich war der mit dem glatten schwarzen Haar und dem eingefrorenen Vaseline-Blick. Und Sie sagten ›Waschen Sie es, um Gottes willen, waschen Sie es‹.«

»Moment, Albert. Ernest Hemingway ist eben reingekommen. Was suchst du denn, Ernie? Eine Fiesta? Ist da drüben. In vollem Schwung. Siehst du, sie ist über den Fluß in den Wäldern. Tut mir leid, Albert, Sie sagten, Albert?«

»Ne, ich sagte nicht Albert. Ich sagte, daß ich mein Haar gewaschen habe und gewachsen bin, und es geht mir sehr gut, danke sehr. Ich habe drei Nobelpreise gewonnen und ein Quiz in der *Daily News*, und ich verdiene fünfundsechzig Dollar im Monat als Lehrer.«

»O Himmel.«

»Iss wass?«

»Scotty Fitzgerald hat sich nur eben über Zelda erbrochen. Pablo macht sie mit einem Pinsel sauber. Pablo, ein Meisterwerk! Ich kaufe es sofort. Sprich weiter, Alsy!«

»Alsy?« fragte Elliot. Er versuchte, die Stimmung des Publikums zu erspüren. Zu Anfang wurde immerzu gelacht, aber jetzt schien ihm, daß es unruhig wurde. Also ... er mußte das auffangen.

»Nu, ich hab' jestern an Sie jedacht«, sagte er. »Ich war draußen auf dem See, Nuklear-fischen. Und ich hab' zu mir jesagt, ›Albert, du wirst nicht jünger, Zeit verjeht.‹ So rede ich immer. Aber es ist ja wahr, die Zeit vergeht tatsächlich. Ich sehe sie gehen.«

»Wie sieht sie aus?« fragte Linda.

»Nu ... genauso wie die Zeit, wenn sie zu Ihnen kommt. Und geht. Nur dann sehen Sie sie von hinten. Ich hab' ein Diagramm davon gezeichnet. Schick' ich Ihnen. Sie können es einrahmen. Und ich rufe Sie an, um zu fragen, ob Sie mit mir zum Physiker-Ball gehen wollen. Es ist eine Tanzerei für Leute mit diesem Beruf. Sehr gute Band, dies Jahr, vermutlich Robert Oppenheimer und seine Protone. Gutes Essen, Hydrogen und Tonic ... wird Ihnen jefallen.«

»Wann ist es?«

»Samstag abend .... von zehn Uhr ... bis in alle Ewigkeit.«

Dann stand er auf, und Linda folgte ihm hinaus.

Paula lag in Elliots Arme gekuschelt. Es war Nacht, und sie waren nackt und im Bett.

»Weißt du, was ich mehr möchte als alles sonst in der Welt?« fragte Paula.

»Ich kann nicht schon wieder«, sagte Elliot. »Gib mir zwanzig Minuten Zeit.«

»Ich meine, gleich nach dem. Weißt du, was? Meine eigene Wohnzimmer-Einrichtung. Die Feministinnen werden mich umbringen, aber Gott möge mir verzeihen, ich bin nichts lieber als Hausfrau.«

Elliots Gedanken wanderten. »Du, das tut einem unheimlich gut. So ein ehrlicher, begeisterter Applaus. Ich hab' die Namen und Adressen von allen Zuschauern aufgeschrieben. Wir müssen sie alle bald mal zum Essen einladen.«

»Das Schlafzimmer muß unbedingt neu gestrichen werden, findest du nicht auch?«

»Was?«

»Ich richte uns neu ein«, erklärte Paula. »Was für eine Farbe möchtest du im Schlafzimmer?«

»Eine, die uns nicht stört«, sagte Elliot und schloß ihr den Mund.

Ein paar Tage später war die Auto-Ausstellung zu Ende, und Paula begann ernsthaft mit der Renovierung der Wohnung. Ein dicker Mann mit einem dünnen Schnurrbart kam und bedeckte alles mit fleckigen Tüchern. Er stellte ein paar Eimer und Büchsen hin und fing an, Farben zu mischen.

»Sind Sie allein?« sagte Paula. »Haben Sie keinen Gesellen?«

»Nur ich«, sagte der Mann, »Arnie-der-Ochse. Hatte mal 'nen Burschen, der mir manchmal half. Kleiner Bursche. Kleiner Bursche mit Bart. Konnte ihn nie leiden.«

»Warum nicht?«

»Weiß ich eigentlich nicht«, sagte der Maler. »Vielleicht, weil er so klein war. Ich mag keine kleinen Männer. Also hab' ich ihm eines Tages gesagt, daß er sich trollen soll.«

Später, als Paula ihm Kaffee anbot, den er ablehnte, begann er mit der Arbeit.

»Sehen Sie mal, Missis, der Amateur-Maler, der will nur den Spaß haben, nicht die Arbeit. Aber ein Fachmann wie ich weiß, das Geheimnis liegt nur in der Vorbereitung. Sie haben doch gesehen, wie lange ich dafür brauchte?«

»Sie haben sehr sorgfältig gemischt.«

»So ist es. Das ist das Wichtigste. Mischen, sag' ich immer, mischen ist das Wichtigste. Und natürlich die Grundfarbe, die richtige Grundfarbe. Da muß man schon lange nachdenken.«

»Sie haben bestimmt sehr viel Erfahrung«, sagte Paula.

Drei Stunden danach stand sie neben Arnie vor der fast fertig gestrichenen Wand, und sie verglich die Farbe der Wand mit einem hellblauen Hemd.

»Ich wollte die Farbe doch so wie dieses Hemd«, sagte Paula verzweifelt. »Und was haben wir jetzt: lila.«

»Ich hätte doch länger über die Grundfarbe nachdenken müssen«, murrte Arnie.

Er überstrich die Wand und kam am nächsten Tag wieder, um das andere Zimmer zu streichen. Eine Stunde später erschienen die Möbelpacker mit der neuen Couch.

»Gebrüder Kanicki, Ma'am«, sagte ein sehr kleiner vierschrötiger kräftiger Mann an der Tür. Hinter ihm stand ein viel jüngerer, schlanker, blonder Junge. »Ihre Couch steht unten, Miss, wenn Sie uns sagen, wo Sie sie hinhaben wollen, bringen wir sie rauf.«

»Sicher«, sagte Paula und zeigte ihnen, wo sie die Couch hinstellen sollten.

Sie sah ihnen nach und hörte dann den Kleinen sagen: »Fertig? Dann nimm dein Ende auf!«

Er stöhnte entsetzlich und keuchte beim Aufstieg. Als sie um die Ecke der Treppe bogen, sah Paula, daß der Kleine das untere Ende hochwuchtete, während der Dünne lässig das obere hielt.

»Ein bißchen höher! Noch mehr. Okay, okay, so, ja, so ist's gut. Warte! Warte! Nach rechts jetzt!«

Endlich stand sie. Paula bot ihnen ein Soda an. »Nicht für mich«, sagte der Kleine. »Verdünnt das Blut.«

»Für mich schon«, sagte der Junge.

Paula schickte ihn in die Küche, während sie mit dem Kleinen die Rechnung prüfte. »Ich weiß nicht, wie er das macht«, sagte er leise. »Sehen Sie ihn sich an — nach nichts sieht er aus, aber er trägt die schwersten Stücke wie mit dem linken Finger. Es macht ihm überhaupt nichts.«

»Ja, er trug auch das obere Ende«, erklärte Paula.

»Ach, ja?«

»Was heißt, daß Sie das ganze Gewicht auf dem unteren hatten.«

Der Mann kratzte sich hinter dem Ohr. »Wissen Sie, vielleicht haben Sie da recht. Bastard.«

»Jetzt ist er in der Küche und verdünnt sein Blut«, wisperte Paula, als sie die Quittung unterschrieb.

»Na, dann wird er's sowieso nicht mehr lange machen«, meinte der kleine Mann befriedigt.

Am nächsten Wochenende hingen sie Vorhänge auf. »Und ein paar Bilder«, bat Paula. »Mr. Horvath hat mir ein paar Haken geschenkt.

»Was für welche?«

»Ich weiß nicht, wie sie heißen.«

»Dübel?«

»Ja.« Sie lächelte verlegen.

»Nützen für diese Wände nichts. Wir brauchen Jordan-Anker.«

»Eine wandelnde Enzyklopädie«, sagte Lucy bewundernd.

Paula holte ein Heft von *Haus und Garten* und zeigte ihm eine

Doppelseite mit dem Foto eines herrlich eingerichteten Wohnzimmers. »Irgend was stimmt nicht. Ist doch nicht ganz so, wie ich es mir dachte. Was stimmt nur nicht, Elliot?«

Elliot betrachtete das Bild, dann das Zimmer. »Hattest du so was wie das hier vor?« Er ging zum Schrank, holte eine Jacke heraus und zog sie an.

Paula nickte.

»Nun, zum ersten: unsere Wohnung liegt nicht an der Park Avenue.« Er trat hinter sie und schlang die Arme um ihre Taille. Zärtlich küßte er ihren Nacken, aber sie machte sich los.

»Wir könnten wirklich noch einen Ohrensessel brauchen«, sagte sie. »Du, wieviel Wochen müßtest du noch für einen Ohrensessel spielen?«

»Wenn du einen ohne Ohren nimmst, ungefähr ein Jahr.« Diesmal küßte er sie voll auf die Lippen. Dann lachte er: »Mama Bär hat ihre Höhle richtig schön gemütlich und warm gemacht«, sagte er, winkte und lief zur Tür.

»Wohin gehst du?«

»Ich muß die Bühne des ›Inventars‹ pflügen.«

»Och. Na, dann mach' ich weiter, und du machst's gut, Liebling.«

»Jap! Ich sag's ja, binde dem Mädchen 'ne Schürze um, und sie wird sanft wie ein Kätzchen. Verschwunden ist die scharfe Zunge ... Ich hab' 'ne Matinee-Vorstellung. Es ist Sonntag, falls dir das entgangen ist.«

»Blöd. Korvettes ist geöffnet. Ich dachte, du gehst mit mir und suchst ein paar Lampen aus.«

»Ein paar?«

»Gut, eine.«

»Tut mir leid. Was ist mit Lucy? Nimm sie mit.«

Aus dem Schlafzimmer klang ihre Stimme. »Kann nicht. Lucy macht Schularbeiten. Lucys Arm fällt gleich ab, weil sie denselben Quatsch zighundertmal geschrieben hat.«

Elliot hob die Schultern und machte die Tür auf.

Paula lief ihm nach und warf sich an seine Brust. »He!«

»Hab' ich was falsch gemacht?« fragte er.

»Gemacht hast du viel«, sagte sie. »Und ich bin verrückt nach dir.«

»Fein«, sagte Elliot. »Auch ich finde dich durchaus nicht übel. Du hast ein paar entzückende Qualitäten. Ach ja, dabei fällt mir ein, halt dir Dienstag vormittag frei.«

Paula ließ ihn los. »Was machen wir Dienstag vormittag?«

Elliot hob die Augenbrauen. »Dienstag ist ein Tag des größten Opfers.«

»Was?«

»Ich kann zwar die Sorte von Menschen überhaupt nicht ausstehen, die sich ihr Geld verdienen, indem sie anderen harmlosen Menschen Nadeln unter die Haut stechen und, was noch schlimmer ist, deren heiliges, lebenspendendes Blut entziehen. Aber ich will eine Ausnahme machen, da ich meine augenblickliche Gesellschaft so schätze.«

»Elliot? Ich verstehe kein Wort. Was sagst du? Was sagst du da? Was meinst du?«

»Dich und mich«, sagte Elliot. »Verzeihung, ich meine mich und dich, und ich spreche von Blutgruppenbestimmung.« Damit war er zur Tür hinaus. Paula starrte die geschlossene Tür an.

Ich glaube, er hat mir eben einen Heiratsantrag gemacht, dachte sie fassungslos.

13

Elliot war bester Stimmung. Das Theater war fast bis auf den letzten Platz besetzt, und die Sketche liefen besonders gut, auch die Improvisationen. In der letzten spielte Elliot einen aggressiven amerikanischen Literatur-Agenten, der versuchte, Solschenitzins *Ein Tag im Leben des Ivan Denisovith* als Halb-Stunden-Komödie ans Fernsehen zu verkaufen.

»Es ist genau wie Stalag Siebzehn«, hatte er begonnen, »nur diesmal sind es Russen, keine Deutschen.«

»Nein«, sagte Linda, »ich seh' nichts in dem Stoff. Dieser Solz-wie-auch-immer hat überhaupt keine Publicity.«

»Aber gutes Material für eine Halb-Stunden-Sendung, wirklich. Ich meine, es schneit sehr viel, und sie müssen Grütze essen. Da gibt's 'ne Menge komischer Szenen, weil sie die mit den Händen essen.«

»Könnten wir statt Grütze Cornflakes nehmen? Dann würden sich die Leute von Quaker-Gerstenmehl dafür interessieren, wenn wir ihre Päckchen irgendwo rumstehen lassen.«

»Klar. Sehr gute Idee ...«

Und so lief es weiter. Das junge Publikum war begeistert, verstand den bösen Witz und applaudierte lange.

Hinter der Bühne schlugen sich die Kollegen gegenseitig auf die Schultern.

»Ein Drei-Sterne-Publikum«, sagte Elliot.

»War großartig, tatsächlich. Prima gelaufen«, bestätigte ein junger Kollege.

»Glaubt Ihr wirklich?« fragte Linda. »Ich fand mich ein bißchen, na, nicht so witzig.«

»Im Gegenteil. Hast du das Publikum denn nicht gehört? Nein, die Vorstellung geht in die Theatergeschichte ein!« Elliot war wirklich bester Laune. Es war ein guter Tag: Heiratsantrag am

Morgen und eine erfolgreiche Aufführung am Nachmittag. »Sprecht doch mal mit der Direktion, wir ersticken hier.«

Der sogenannte Inspizient, ein Junge für alles, lachte: »Na, das hat doch wohl wenig Zweck.«

»Auch Schauspieler brauchen Sauerstoff. Wir sind menschliche Wesen, keine Kellerasseln!« sagte Elliot.

»Hast du eigentlich den in der zweiten Reihe gesehen?« fragte Linda. »Ich glaube, das war ...«

Ein Mann stand plötzlich vor Elliot. »Guten Abend. Ich bin Oliver Frey.«

»Oliver Frey, der Regisseur?«

»Ich glaub', der bin ich«, sagte Frey.

»Ohne Scherz?« Elliot zweifelte immer noch. Aber dann nahm er sich zusammen und sagte höflich: »Ich freue mich, Sie kennenzulernen. Oliver Frey, wer hätte das gedacht?«

Frey lächelte freundlich.

Das Mädchen neben ihm flüsterte: »Freue mich auch, Sie kennenzulernen.« Sie sprach mit einem starken fremdländischen Akzent.

»Das ist Gretchen«, sagte der Regisseur. »Es ist unmöglich, ihren Nachnamen auszusprechen.«

»Er hat viele, viele Silben«, sagte Gretchen.

»Ja, und man benötigt zwei Zeilen, wenn man ihn abkürzt«, lachte Frey. »Wir wollen Sie nicht lange aufhalten«, sagte Oliver und sah gut gelaunt aus. »Würde Sie ein Film interessieren?«

»Ich liebe Filme.«

»Wir können uns gern einen zusammen ansehen ... aber an einem zu arbeiten, macht, glaube ich, mehr Spaß.«

»Mit Ihnen?« Gretchen kicherte.

»Mit Ihnen?« fragte Elliot noch mal. Er war aufgeregt, aber er wußte, er mußte das *cool* spielen. »Ja, mit Ihnen würde ich schon gern einen machen.«

»Es ist nicht die Hauptrolle«, sagte Frey, »aber ich bin überzeugt, es macht Ihnen Spaß.«

Elliot hob so nachlässig die Schultern, als wollte er sagen: Wen interessieren schon Hauptrollen, kleine Rollen sind viel wichtiger.

»Wenn ich sage, Sie müßten heute abend noch fliegen ... wäre das möglich? Wer ist Ihr Agent?«

»Toby Richards«, sagte Elliot. »Sechs-Null-Eins Madison. Sie vermittelt mich — wohl mehr aus Wohltätigkeit.«

»Ich kenne sie seit Jahren und werde sie sofort anrufen. Können Sie sich dann auch an sie wenden, nachdem ich alles mit ihr geklärt habe?«

»Sicher«, sagte Elliot. »Ach ja, da ist noch was, das Sie wissen sollten.«

»Sie haben Pocken. Zwei Stunden zu leben.«

»Schlimmer«, sagte Elliot. »Ich habe noch nie einen Film gemacht. Ich möchte nur, daß Sie das wissen.«

»Ehrlichkeit ist mir die liebste Tugend«, lachte Frey. »Sie ersetzen einen anderen Schauspieler. Ich kann ihn nicht leiden.«

»Ich hoffe, das passiert Ihnen nicht auch mit mir.«

»Bestimmt nicht. Sie waren vorhin großartig. Man spürt, daß Sie wissen, was Sie tun. Ich freue mich, Sie an der Küste wiederzusehen.«

Sie schüttelten sich die Hände.

Plötzlich standen alle Kollegen wieder um ihn herum. »Donnerwetter«, sagte ein Mädchen.

»Glückwunsch.«

»Ein Tag mit uns, und schon wird er ein Star.«

»Nimm mich mit«, sagte Linda. »Ich tue alles außer saubermachen, kochen und bumsen.«

Toby Richards war eine knochige Frau in mittleren Jahren, und eine der besten Schauspieler-Agentinnen in New York.

»Ich handele mit Künstlern«, sagte sie zu Elliot. »Haben Sie verstanden? Nicht mit Schauspielern, mit Künstlern! Ich bin so reich, daß Sie sich die Summen nicht mal erträumen können, und darum kann ich mir das endlich leisten. Ich nehme nur Menschen, die mir gefallen, ob es Geld einbringt oder nicht.«

Elliot saß in ihrem Wohnzimmer. Toby, eine riesige, seidige persische Katze lag auf ihrem Schoß. »Es tut mir leid, daß ich Sie ausgerechnet am Sonntag aufsuche«, sagte er.

»Was soll Ihnen daran leid tun?« sagte Toby und zog an ihrer Zigarette. »Mich freut es.«

»Es ist ja nur, weil Oliver Frey das alles so eilig macht.«

»Ja, so macht er es immer. Er ist ein Irrer, keiner wird mit ihm fertig. Aber das ist Ihr Glück.«

Elliot streichelte die Katze und mußte niesen. »Wie heißt sie?«

»Barry«, sagte Toby. »Sie ist ein Er.«

»Nicht gerade ein Katzenname, was?«

»Wie weit sind Sie mit Frey klargekommen? Er hat mich vor einer Stunde angerufen.«

»Er hat mir gesagt, ich muß heute noch nach Hollywood fliegen. Ach ja, was ist mit den Tickets?«

»Liegen am Flughafen bereit«, sagte Toby. »Soll ich es aufschreiben, wo?«

Sie erhob sich und ging zum Schreibtisch, wo sie irgend etwas auf einen Zettel kritzelte. »Und es ist nicht Hollywood, zum Donnerwetter.«

»Was?« Elliots Herz sank. Er streichelte Barry noch schneller.

»Es ist nicht Hollywood. Es ist Seattle. Dort dreht er. Sie fliegen mit der American Airlines, Flug 902. Von Kennedy um acht Uhr fünfundvierzig. Haben Sie das? Na, ich hab's ja aufgeschrieben.« Sie gab ihm den Zettel, und er schob ihn in die Tasche. »Hat er was von der Gage gesagt?«

Elliot schüttelte den Kopf.

»Haben Sie ihn denn nicht gefragt? Waren Sie nicht neugierig?«

»War ich«, sagte Elliot, »aber ich konnte an nichts anderes denken als an den Film und diese fantastische Frau, die er bei sich hatte. So was habe ich in meinem Leben noch nicht gesehen. Nur Kurven und ... oh.«

Toby brach in helles Lachen aus. »Wunderbar, wunderbar. Sie ist seit Jahren bei ihm, Greta Irgendwas, stimmt's?«

»Gretchen.«

»Machen Sie sich keine Gedanken. Sie wird in Erinnerung an Ihren Anblick schwelgen, lange. Oliver ist seit Ewigkeiten impotent. Hat's mir selbst erzählt.«

Elliot dachte, daß er es wohl kaum weitererzählen würde,

wenn *er* impotent wäre. Aber vielleicht war es für Regisseure ein Zeichen besonderer Sensibilität.

»Ihre Gage beträgt zweitausend die Woche«, sagte Toby. »Ohne Spesen. Aber den Flug erster Klasse habe ich ihm wenigstens abringen können. Das ist wichtig, wichtig für Ihr Image. Sie müssen immer Erster fliegen.«

Elliot nieste schon wieder. »Ich glaube, ich bin allergisch gegen Barry.«

»Sie haben eine Garantie für vier Wochen«, sagte Toby. »Er muß sie so lange auf jeden Fall bezahlen. Und was sonst anfällt — rufen Sie immer nur mich an. Verstanden?«

»Ja.«

»Denn wenn es zu neuen Verhandlungen kommen sollte, kann ich mehr Geld für Sie rausschlagen. Brauchen Sie jetzt Geld?«

»Ich schaffe es eben noch zum Flugplatz, denke ich«, sagte Elliot.

»Wenn Sie Geld brauchen, wählen Sie nur durch. Ich rufe zurück. Ich werde Ihnen einen Vorschuß geben.«

»Brauch' ich wohl nicht. Mit einem Hühnerknochen komme ich leicht durch eine Woche.«

Toby tätschelte ihm den Kopf. »So?«

»So.«

»Sind Sie aufgeregt?«

»Nein.«

»Lügner.« Sie küßte ihn auf die Wange. »Viel Glück mit den verrückten Kerlen da draußen. Und immer dran denken: Sie sind ein Künstler.«

Obwohl es Sonntag war, wimmelte es bei Korvettes von Menschen. Paula mußte fast eine halbe Stunde warten, bis endlich ein Verkäufer sich an sie wandte. »Ja?«

»Ich suche eine Lampe«, sagte Paula und deutete auf eine schöne Stehlampe mit geschnitztem Fuß.

»Sie gehört zu einem Set«, sagte der Verkäufer. »Ich glaube, ja, stimmt, das Set ist im Ausverkauf. Neunundneunzig Dollar.«

»Jede?«

»Nein, ich sagte doch. Das Paar.«

»Aber kann ich nicht nur eine haben. Mein … hm … Mann wollte, daß ich nur eine kaufe.«

»Hat er die hier gesehen?«

»Nein.«

»Wie kann er Ihren Kauf dann beurteilen? Gefällt Ihnen das Set?«

»Sehr«, sagte Paula. »Aber …«

»Ist der Preis nicht sehr vernünftig?«

»Doch, doch.«

»Dann kaufen Sie sie«, sagte der Verkäufer. »Lassen Sie sich doch nichts befehlen. Sie sind hier — er nicht. Wahrscheinlich ist es ihm sowieso völlig piepe, was Sie kaufen.«

»Da mögen Sie recht haben.«

»Schließlich sind Frauen heutzutage doch auch Menschen. Bar oder Scheck?«

»Bar«, sagte Paula.

»Sie haben soeben das richtige getan«, sagte der Verkäufer.

»Ja, wenn er mich nicht umbringt. Dann war es das Falsche.«

Die trug die Lampen in den Bus und zur Haustür. Als sie ankam, war es schon spät am Nachmittag. Sie sah Lucy vor der Haustür stehen. »Was machst du denn hier?« fragte Paula. »Hast du dich mal wieder ausgeschlossen?«

Lucy sah zu ihr auf, und da bemerkte Paula die glasigen, geröteten, verweinten Augen.

»Lucy, was ist denn los?«

»Wenigstens haben wir diesmal keinen Brief bekommen«, sagte Lucy.

14

Paula griff die Lampen fester und rannte in blinder Wut die Treppen hinauf. Sie konnte keinen klaren Gedanken fassen, stolperte, fiel fast hin. Als sie endlich vor ihrer Wohnung stand, drehte sich alles um sie. Zwei Minuten blieb sie im Wohnzimmer, um Luft zu holen, die Lampen abzusetzen und sich übers Haar zu fahren. Dann ging sie durch die offene Schlafzimmertür.

Elliots Leinentasche und sein Koffer lagen halbgepackt auf dem Bett. Er sah auf, als Paula eintrat.

»Die Sachen sollen wohl in die Wäscherei, hoffe ich«, sagte Paula.

»Ich hab' einen Film, Paula«, sagte Elliot sanft.

»Was?«

»Ich habe eine Filmrolle, Paula, einen Film.«

Sie lehnte sich an den Türrahmen und wußte, gleich werde ich ohnmächtig. Wie gut sie dieses Gefühl kannte, fast wie eine Halluzination, daß das alles einer anderen Frau geschah und nicht ihr.

»Schluß aus!« sagte sie schließlich.

»Was redest du da?« fragte Elliot. »Es ist ein fabelhafter Stoff. Oliver Frey führt Regie. Ich muß morgen früh am Drehort in Seattle sein.«

Paula starrte mit versteinertem Gesicht vor sich hin.

»Seattle, Washington«, erklärte Elliot.

Keine Antwort.

»Paula!«

»Ich weiß, wo es ist ... weit weg.«

»Na, und, ich muß ja nicht zu Fuß gehen. Ich fliege — erste Klasse. Hörst du das? Erster Klasse! Jeder Passagier hat sein eigenes Wasserbett.«

Paula sah zu Boden.

Paula starrte den Fußboden an.

»Ein Vier-Wochen-Job. Zweitausend Dollar die Woche«, sagte Elliot. »Ich weiß, im Grunde nicht zu glauben. Oliver Frey! Himmel, ich hab' ganz vergessen zu fragen, was für eine Rolle ich habe. Stell dir das vor. Ich weiß nicht mal, was ich spiele.«

»Das ist wunderbar«, sagte Paula. Das Blut in ihren Adern schien zu gefrieren.

Elliot stopfte weiter seine Sachen in den Koffer. »Ich will ja keine Vergleiche ziehen, aber ... wer hat vor dem *Paten* schon von Al Pacino gehört?!«

»Besser konnte es für dich gar nicht kommen. Gratuliere!« sagte Paula tonlos.

»Mein Gott, bin ich aufgeregt. Lampenfieber und alles«, sagte Elliot.

»Du? Mr. Wonderful! Mr. Ein und Alles?«

»Seit zwanzig Jahren baue ich mein Selbstbewußtsein auf, und jetzt, wo ich es echt brauche, hat es sich im Klo eingeschlossen.«

»Es kommt schon wieder«, sagte Paula, »glaub mir.«

Elliot schloß den Koffer und kam zu ihr. »Was ist denn?«

»Nichts.«

»Sag das nicht. Es steht auf deinem Gesicht geschrieben — und es liegt in deiner Stimme. Paula, es ist ein Vier-Wochen-Job. Eine Woche weniger als fünf.«

»Das kann ich auch ausrechnen. Ich weiß.«

»Nein, du weißt *nicht*«, schrie Elliot plötzlich auf. »Du glaubst, du wirst wieder mal sitzengelassen, nicht wahr?«

Paula schüttelte den Kopf. »Du erzählst mir, daß du zurückkommst, warum soll ich dir nicht glauben?«

»Wenn ich du wäre und einen Schauspieler packen sehen würde, könnte ich ihm auch nicht glauben.«

Paula ging zum Bett. »Kann ich dir helfen?« Sie sah in den Schrank, die leeren Schubläden. Alles offen, alles leer. »Nein, ich sehe, du hast deine ganze Habe eingepackt.«

Tränen stiegen ihr in die Augen. Jede Minute würde sie losheulen. Bloß das nicht ...

»Weil die mir sagten, ich sollte mich da auf kalte Zeiten gefaßt machen. Wir drehen irgendwo in den Bergen, und darum soll ich warme Sachen mitnehmen.«

Paula schwieg.

Elliot sah an die Decke. »Paula, ich dachte, du würdest vor Freude auf und abspringen. Schließlich habe ich dafür mein ganzes Leben gearbeitet. Mein Gott, diese Chance, und du freust dich nicht. Ist es in einer Beziehung wie der unseren nicht selbstverständlich: Ich freue mich für dich, und du freust dich für mich?«

»Ich freue mich«, sagte Paula. »Es ist ja schließlich das drittemal, daß ich mich als Jubelfreundin bewähren muß.«

Elliot versuchte, sich unter Kontrolle zu bringen. Versteh' ihren Standpunkt, dachte er. Sieh es aus der richtigen Perspektive. Denk dran, was sie dir bedeutet. »Okay«, sagte er. »Okay, ich hab' alles mitgekriegt.«

»Was?«

»Das, was auf deinem Gesicht steht. Vergiß es. Ich fliege nicht. Das ist es nicht wert. Ich sag' ab. Der Job ist für mich gestorben!«

»Okay.«

»Er ist es nicht wert, daß du vier Wochen lang durch die Hölle gehst und nur darüber nachdenkst, ob ich zurückkomme oder nicht. Wenn ich diesen Film bekommen habe, kriege ich auch mal einen anderen. Du mußt mir vertrauen. Wirst du mir trauen, Paula?«

»Ich werde es einplanen.«

»Verdammt noch mal«, sagte Elliot. »Verdammt noch mal! Ich hasse die beiden Kerle, die dich hier sitzenließen, und jetzt schiebst du mir die ganze Schuld zu.«

Paula nickte. »Nein, du fliegst, Elliot.«

»Du willst, daß ich gehe?«

»Ja, ich will, daß du gehst. Wenn du wiederkommst, gut. Ich bin hier und tapeziere. Und wenn nicht, na, dann ist es auch — gut.«

Elliot bekam eine Gänsehaut.

»Ich werde dich sehr vermissen«, fuhr Paula fort. »Aber ich werde es überleben, Elliot, weil ich in den letzten beiden Monaten erwachsen geworden bin. Sieh mich an. Ich bin sehr groß geworden. War besser, als ein ganzer Sommerurlaub. Ich fühlte mich noch nie so stark. Da geht einer tatsächlich mal wieder durch diese Tür, und ich zerbrösele nicht. Himmel, wie gut ich mich fühle! Auf Wiedersehen, Elliot.«

Elliot bekam Angst.

»Mach einen schönen Film, Elliot. Und eine große Karriere, und wenn du mal für den Oscar nominiert werden solltest, bin ich die erste, die dir die Daumen hält.«

Elliot schluckte. »Was ... was hast du bloß an dir, daß sich ein Mann mit einem IQ von Eins-vierzig-sieben wie ein Idiot vorkommt?«

»Was es auch ist«, sagte Paula, »ich danke Gott dafür.«

Draußen blitzte es. Donner grollte.

»Willkommen, Gott«, sagte Paula. »Tritt ein.«

Es fing an zu regnen, die Tropfen schlugen ans Fenster.

Elliot griff Tasche und Koffer. »Hab' was Interessantes dazugelernt. Wenn beruflicher Erfolg und die Liebe zu einer Frau bei einem Mann zeitlich zusammentreffen, ist beides bedroht. Das Schlimmste, was einem Mann passieren kann. Und wenn mein Flugzeug bei diesem Wetter abstürzt ...«

»Was Gott verhüten möge!«

»Wenn mein Flugzeug bei dem Gewitter abstürzt, komm' ich auch hierher zurück, Paula. Und dann schließe ich diese Tür mit goldenen Ketten zu, bis du neunzig bist.« Im Wohnzimmer stand Lucy neben der neuen Couch. Er ging zur Tür. »Bis bald, *Kind!*«

In der Diele drehte er sich noch einmal um. »Seh' dich bald wieder, *Kind!*«

Er nahm ein Taxi zum Flugplatz. Es goß wie aus Eimern.

»Gräßliches Wetter«, sagte der Fahrer.

»Stimmt«, sagte Elliot.

»Verdammte Straße, sag' ich Ihnen.«

»Ja«, sagte Elliot.

»Ich nehme den East Side Drive zum Tunnel, den Tunnel zum Gowanu, den Gowanu zum Belt, und den Belt nach Kennedy — ist Ihnen das recht so?«

»Ich bin aus Chicago«, sagte Elliot. »Ich habe keine Ahnung, wovon Sie sprechen.«

»Okay«, sagte der Fahrer, »ich nehm schon den kürzesten Weg. He, verfolgen Sie die Politik?«

»Ein bißchen.«

»Dusseliger Carter.«

»Ja.«

»Dusselige Energie-Krise.«

»Hmhm.«

Und so ging es weiter bis zum Flughafen. Elliot checkte ein, nahm sein Erste-Klasse-Ticket und stellte das Gepäck aufs Laufband.

»Gate vierzehn«, sagte die Stewardeß.

Elliot ging durch die Halle und durch die Sicherheits-Kontrolle. Irgend etwas piepte.

»Haben Sie etwas aus Metall bei sich, Sir?« fragte der Polizist.

»Gürtelschnalle, Zahnfüllungen, Eisen im Blutkreislauf.«

»So, so«, sagte der Mann und tastete ihn flüchtig ab.

»Würde das Gefühl großer Erregung mit einer Aura tragischen persönlichen Verlusts auch den Alarm auslösen?« fragte Elliot.

Der Polizist schob ihn wortlos weiter, Elliot setzte sich auf eine Bank. Die Halle war überfüllt. Man stelle sich vor, dachte er, ein mistiger verregneter Sonntagabend, und die halbe Welt will nach Seattle reisen. Aus Gewohnheit fing er an, sich nach einem hübschen Mädchen umzusehen, neben das er sich im Flugzeug setzen wollte. Und das erinnerte ihn an Reuben. Reuben, den Seemann aus dem Bus. Kam er nicht aus Seattle? Elliot dachte zurück. Es war alles noch nicht mal lange her, und soviel war geschehen. Habe *Richard III.* gespielt, dann den Job in der ›Goldenen Scheune‹, im ›Inventar‹ — und jetzt für Oliver Frey. Hab' mit *Richard* den ersten, und in der ›Goldenen Scheune‹ den zweiten Job verloren, habe fast geheiratet.

»Achtung«, kam eine Stimme aus dem Lautsprecher. »American Airlines Abflug 902 nach Seattle wird sich um ungefähr fünfzehn Minuten verspäten. Achtung ...«

Arme Paula, dachte Elliot. Er versuchte sich vorzustellen, wie ihr zumute war. Sonntagabend. Strömender Regen. Verlassen. Schon wieder verlassen. Er rutschte auf seinem Sitz hin und her.

Nach einer halben Stunde kam eine neue Ankündigung, daß

der Abflug sich um mindestens zwei Stunden verzögern würde. Die Leute stöhnten.

Wie, um Himmels willen, kann ich hier zweieinhalb Stunden warten, dachte Elliot. Er fühlte sich ungeheuer einsam und deprimiert. Er ging in die Haupthalle. Ja, ich rufe Paula an. Er lief zum Telefon, machte kehrt, und ging zum American-Airlines-Schalter.

»Ich möchte das hier in zwei Tickets Zweiter umtauschen«, sagte er und knallte seine Flugkarte auf die Theke.

»Bleiben Sie länger als sieben Tage?«

»Ja.«

»Das macht dann noch einundachtzig Dollar und fünf Cents«, sagte der Steward.

Elliot zahlte, schob die Tickets in die Tasche und ging hinaus zum Taxistand. »Seventy-eight-Street, Manhattan«, sagte er zum Fahrer.

Paula saß im Bademantel am Küchentisch und rührte in einer Tasse Kaffee.

Lucy erschien in der Tür. »Ich kann nicht schlafen.«

»Ich schenke dir noch fünf Minuten«, sagte Paula düster.

»Ich kann die Zukunft vorhersagen«, teilte Lucy ihrer Mutter mit.

»Ja? Dann erzähl mir mal was von meiner.«

Das Telefon klingelte.

»Ein Telefon wird in deinem Leben läuten.«

Paula ließ es noch einmal klingeln, denn nahm sie den Hörer ab. »Hallo?«

Elliot stand in derselben Telefonzelle, von der er sie in seiner ersten Nacht in New York angerufen hatte. Und wie in jener Nacht regnete es auch heute in Strömen. Nur diesmal wartete ein Taxi vor der Zelle.

»Zieh dich an«, sagte er in den Apparat.

»Was?«

»Zieh dich an. Du kommst mit.«

»Wo bist du?« fragte Paula. Allein seine Stimme verzauberte sie.

»An der Ecke. In meiner alten lecken Telefonzelle. Der Flieger hat Verspätung. Mindestens zwei Stunden. Ich habe mein Ticket in zwei Zweiter umgetauscht.«

Paulas Herz schlug so laut, daß sie kaum ihre eigene Stimme hören konnte. »Und was ist mit Lucy?«

»Ruf Donna an«, sagte Elliot. Und Lucy schrie dazwischen: »Mach dir um Lucy bloß keine Gedanken!!«

»Lucy kann bei ihr bleiben, bis wir zurückkommen. Und beeil dich, das Taxi verschlingt sonst dein neues Schlafzimmer.«

»Du willst wirklich, daß ich mitkomme?«

»Ja, ich sag' ihnen, du bist mein Psychiater. Schauspieler sind so feinnervig. Mein Gott, du liebst Liebesszenen, was? Ja, ja, ich will, daß du mitkommst!«

Paula schniefte: »Dann ... dann ... nein, ist schon alles gut. Ich komme nicht. Du hast mich darum gebeten, dann muß ich nicht mehr kommen ...«

»Paula«, sagte Elliot mit erhobener Stimme. »Spiel keine dummen Spiele mit mir. Meine Socken sind unter Wasser.«

»Du hast da unten genug zu tun, und ich steh nur im Weg«, sagte Paula. »Außerdem habe ich viel zu tun, weil ich dein ganzes Geld für deine Wohnung ausgebe. Aber ... ich bin verrückt nach dir.«

Elliot schüttelte den Kopf. »Jesus, hoffentlich habe ich die richtige Nummer. Paula, tu mir einen Gefallen.«

»Jeden, mein Engel!«

»Dann laß neue Saiten auf meine Gitarre aufziehen. Ich habe in der letzten Zeit nicht so gut geschlafen.« Er seufzte. »Also dann bis bald. Ich rufe dich morgen an.«

»Komm und küß mich zum Abschied«, sagte Paula.

»Ich winke«, sagte Elliot. »Ich fahre vorbei und winke. Hoppla, jetzt komm' ich!«

Er legte auf, sprang ins Taxi und sagte dem Fahrer, an welchem Haus er langsam vorbeifahren sollte.

Inzwischen schrie Lucy: »Er hat seine Gitarre hier gelassen. Seine Gitarre. Er kommt zurück!«

Paula holte das Instrument aus dem Schlafzimmer, riß das Fenster auf und hielt die Gitarre hinaus. »Ich habe keine Minute daran gezweifelt«, sagte sie. Der Regen schlug ihr ins Gesicht.

Elliot rollte das Fenster seines Taxis herunter, winkte und rief etwas Unverständliches.

Paula winkte mit der Gitarre. »Ich hab' sie. Ich hab' sie, Liebster. Komm gut hin und zurück! Ich liebe dich!«

Elliot winkte, sie sollte ins Zimmer gehen. »Kümmere dich nicht darum«, schrie er. »Du ruinierst meine Gitarre!«

Er rollte das Fenster wieder hoch, sank in seinen Sitz. Und vierzig Minuten später war er wieder am Flughafen.

Große Romane internationaler Bestsellerautoren im Heyne-Taschenbuch

Heitere Romane
beliebter Autoren
als Heyne-Taschenbücher

HEYNE BÜCHER

Wolfgang Altendorf
Ein Topf ohne Boden
5356 / DM 3,80

Hans G. Bentz
Gute Nacht, Jakob
508 / DM 3,80

Der Bund der Drei
557 / DM 3,80

Alle lieben Peter
725 / DM 4,80

Zwei gegen fünf
950 / DM 3,80

Horst Biernath
Vater sein dagegen sehr
59 / DM 3,80

Die drei Hellwang-Kinder
5236 / DM 3,80

Nelken fürs Knopfloch
5541 / DM 4,80

Michael Burk
Das Mittagsgirl
972 / DM 3,80

Bangkok spricht man
zärtlich aus
5117 / DM 3,80

Robert Carson
Küß mich, bevor du schießt
5609 / DM 4,80

Giovannino Guareschi
Mein häuslicher Zirkus
5568 / DM 4,80

Bleib in deinem D-Zug...!
5629 / DM 4,80

James Hilton
Leb wohl, Mister Chips
5524 / DM 3,80

Elvira Reitze
Ein Wunder kommt
selten allein
5409 / DM 3,80

Jo Hanns Rösler
Erzähl mir nichts
336 / DM 3,80

Helmut Seitz
Der Papa wird's
schon richten
5576 / DM 3,80

Kurt Wilhelm
Alle sagen Dickerchen
5468 / DM 3,80

P. G. Wodehouse
Große Liebe, kleine Diebe
5398 / DM 4,80

Reichtum schützt
vor Liebe nicht
5441 / DM 3,80

Ein Goldjunge
5548 / DM 4,80

Seine Lordschaft
und das Schwein
5592 / DM 4,80

Preisänderungen vorbehalten

Wilhelm Heyne Verlag
München

HEYNE FILMBIBLIOTHEK

In der Taschenbuch-Edition
»Heyne-Filmbibliothek« werden die großen
unvergeßlichen Filmstars vorgestellt.
Jeder Band gibt einen umfassenden Überblick
über ihr Leben, ihr Wirken und ihre Filme,
die eingehend beschrieben werden.
Außerdem erscheinen in dieser Reihe auch
Themenbände, die sich mit bestimmten
Filmarten, wichtigen Epochen und Kategorien
ausführlich beschäftigen.
Jeden Monat erscheint ein neuer,
reich illustriierter Band.

Alan G. Barbour
Humphrey Bogart
1 / DM 5,80

René Jordan
Marlon Brando
7 / DM 5,80

Tony Thomas
Gregory Peck
11 / DM 5,80

Foster Hirsch
Elizabeth Taylor
2 / DM 5,80

Alvin H. Marill
Katharine Hepburn
8 / DM 5,80

Curtis F. Brown
Ingrid Bergman
12 / DM 5,80

Howard Thompson
James Stewart
3 / DM 5,80

Romano Tozzi
Spencer Tracy
9 / DM 5,80

Michael Kerbel
Paul Newman
13 / DM 5,80 (Febr. '80)

Jerry Vermilye
Bette Davis
4 / DM 5,80

Lee Edward Star
Der Musical-Film
10 / DM 5,80

James Juneau
Judy Garland
14 / DM 5,80 (März '80)

Jerry Vermilye
Cary Grant
5 / DM 5,80

George Morris
Errol Flynn
15 / DM 5,80 (April '80)

Curtis F. Brown
Jean Harlow
6 / DM 5,80

Wilhelm
Heyne Verlag
München

Andrew Bergman
James Cagney
16 / DM 5,80 (Mai '80)